선생님의
시를
읽고
쓰다

선생님의 시를 읽고 쓰다

내 생애의 별들

2018년 8월 27일 제1판 제1쇄 발행

글쓴이   배창환, 상주여고 아이들
펴낸이   강봉구

펴낸곳   작은숲출판사
등록번호 제406-2013-000081호
주소   413-120 경기도 파주시 신촌로 21-30(신촌동)
전화   070-4067-8560
팩스   0505-499-8560

홈페이지 http://cafe.daum.net/littlef2010
페이스북 http://www.facebook.com/littlef2010
이메일   littlef2010@daum.net

ⓒ배창환

ISBN 979-11-6035-050-0 03810
값은 뒤표지에 있습니다.

내 생애의 별들

배창환 시 | 상주여고 아이들 감상 글

선생님의
시를
읽고
쓰다

작은숲

차례

1부
내 꿈은

|

2부
빛과 그늘

|

3부
햇살 한 줌

|

4부
내 생애의 별들

시를 사랑하는
우리 아이들과의
따뜻한 만남

- 이 책을 내면서

　이 책은 나와 우리 아이들이 공동으로 만든 것이다. 시는 내가 지금까지 써 온 것들이지만, 시를 고르고 감상을 쓴 사람은 우리 아이들이다. 졸작拙作들이 아이들에 의해 새로 읽혀지고 감상까지 얻었으니 나로서는 참 과분한 호사豪奢이고 너무 큰 기쁨이다.

　이 책을 내도록 '부추긴' 사람은 서정홍 시인이다. 지난해 늦가을에 내가 문학을 가르치는 이곳 아이들에게 자긍심을 일깨우고, 미래의 삶에 대한 생태적 패러다임을 그의 시와 삶을 통해 보여 주고 싶어서, 학교에 문학강연 강사로 초청했는데, 서 시인이 떠나기 전에 잠깐 이야기를 나눌 때 꼭 한번 해 보라고 '강권'하는 바람에, 부끄럼을 무릅쓰고 내 시 감상을 아이들에게 부탁해 볼까, 하는 욕심이 슬쩍 고개를 내밀었다.

　잠깐 생각해 보니 우리 아이들이 요즘 보기 드물게 마음들이 깊은 데다 따뜻한 흙의 심성을 가진 아이들이고, 나와 함께 시 읽기와 감상, 쓰기, 시 UCC 제작과 시 낭송 활동을 모두 거친 아이들이라, 아이들에게는 좀 어렵게 느껴질 지도 모르는 시들이지만 곧잘 읽어 낼 지도 모르겠다는 믿음이 생겨났다. 또, 나와 아이들 글이 책으로 묶여 나올 수 있다면 내게는 더없이 큰 기쁨이지만, 아이들에게도 이런 글쓰기가 흔히 있는 기회는 아닐 것이며, 장차 시를 아끼며 살아가는 데 조금이라도 도움이 되지 않겠는가 싶기도 했고, 마침 기말고사도 끝나 여유가 조금 생긴 참이었다.

그렇게 하여 겨울 방학을 며칠 앞둔 시점에, '시 읽기와 감상, 창작'에 남다른 관심을 보여 온 아이들을 이래저래 불러 모으니 40여 명이 왔고, 그 중에 감상을 써 볼 의향을 가진 아이들 30여 명이 남았다. 준비해 온 내 시 7, 80여 편 가운데 각자 쓰고 싶은 것을 고르게 했고, 선택이 서로 겹치는 시들은 적절히 나누어, 각자 4~5편씩 감상 쓸 시를 배정하고 20여 일 정도 마감기한을 정해 주었다. 또, 미술을 꾸준히 해 오고 있는 연주와 경예에게는 컷도 함께 부탁했고, 마침 서울에서 책 디자인하는 옛 제자 다은이가, 일전에 내가 책을 내게 되면 자신이 표지를 디자인해 주겠다고 한 말이 기억나서 부탁을 하니, 흔쾌히 맡아 주었다.

　이것이 이 시 감상집이 세상에 나오게 된 사연이다.

　쑥스럽긴 해도 이 책은 내게 더없이 소중한 보물이다. 그리고 나처럼 아이들에게 시를 가르치면서 시를 쓰는 사람이 아니면 좀처럼 얻기 힘든 귀한 책이다. 지난날 굴곡진 내 삶의 굽이마다 아이들은 내게 늘 '채찍'이고, '불빛'이었는데, 또 한 번 내게 크나큰 선물을 안겨 주었다. 아이들에게 또 큰 '사랑의 빚'을 졌다. 고맙다.

　이 책을 읽는 독자들에게는 내 시보다 아이들의 글이 더 상큼하고 재미있으리라 생각한다. 시는 나의 졸시拙詩지만, 아이들 글은 깔끔하고 톡 쏘는 맛이 있고 신선해서, 신세대가 쓴 '시 수상록隨想錄'이라 할 만하다. 어떤 글은 섬세하고 부드러운 봄바람 같고, 혹은 늦가을 바람처럼 예리하게 시의 속살을 파고들기도 하고, 혹은 함박눈처럼 푸근하게 덮어 오는 것이 있어서, 읽는 이들이 아이들의 맑고 따뜻한 감성의 결에 그냥 흠뻑 빠져들어 공감하게 되리라 믿는다. 그 힘은 자신의 미래에까지 잠식해 들어오는 신자유주의 시대의 불안한 생존

환경 속에서도, 자기 나름의 길을 헤쳐 나가고 있는 우리 아이들의 대견스러운 삶에서 우러나오는 것이다. 적지 않은 시차時差를 두고 이 땅에 살아온 나(시인)와 우리 아이들(독자)의 삶과 정신이, 시詩를 매개로 하여 만나는 다채로운 모습을, 이 책을 읽는 또 다른 독자들은 흥미롭게 만나게 될 것이다. 그리고 스스로도 슬쩍 한발 끼어들어 볼 수 있는 열린 공간이, 이 '시와 감상 글판' 곳곳에 마련되어 있다.

  편집을 하면서, 시에 대한 감상의 차이가 큰 글이나, 감상 두 편이 각각 시의 함축적 의미를 보완해 주는 경우에는 시 하나에 두 편의 감상을 실었고, 그 외에는 한 사람 것만 실었다. 더 많은 아이들의 감상을 싣지 못한 것은 책의 형식이 갖는 지면의 한계 때문이다. 어떤 시에는 감상 글이 여럿이 몰려서 결국 수록되지 못한 글이 많아서 너무 안타깝다. 아울러 더 많은 아이들을 이 글판에 초대하지 못해서 미안하단 마음도 함께 전하고 싶다.

  이 책을 흔쾌히 세상에 내 준 '작은숲' 출판사 강봉구 대표님께 또 신세를 졌다. 올해만 해도 우리 아이들의 시 감상집, 『내가 아직 어려서 미안해』에 이어 두 번째다. 무한 우주의 시공간 속에서 '지금, 이 곳'에서 반짝 만난, 시를 사랑하는 나와 우리 아이들, 나를 여기까지 밀어온 사랑하는 제자들, 서정홍 시인과 나의 오랜 우정, 어려운 출판 환경을 무릅쓰고 예쁜 책으로 엮어 준 출판사의 깊은 배려… 이런 좋은 인연 중에 어느 하나라도 어긋남이 있었다면, 이 책은 세상에 나오지 못했을 것이다. 모두에게 두 손 모아 감사드린다. 또한 우리 시대 아이들 독서교육에 큰 나무로 우뚝한 송승훈 선생님이 너무 과분한 발문을 보내 주셨고, 소연이는 3학년이라 마음이 바쁜 때인데도 다인이 형주와 함께 기꺼이 이번 작업에 참여해 주고, 아름다운 발문까지 선뜻 써 주었다. 따로 감사의 마음을 드린다.

무술년 칠월, 무더위 속에서
배창환

1부

내 꿈은

아름다움에 대하여

눈 덮인 세상이 아름답다고 생각한 적이 있었다
그건 사실이었다
19년 만에 불모의 땅 대구 일원에 내린 눈도
역시 아름다웠다
기차를 타고 내려올수록
세상을 더 깊고 두껍게 덮어오는
하얀 눈발
아무 것도 용서하지 않고 포기하지 않고
평등하게 겹겹이 덮어버리는
거역할 수 없는 자연의 손길은 얼마나 아름다운가

그런 세상에서
발자국을 찍어내는
사람이 더 아름답다는 생각을 한 적이 있었다
전에는 사람이란 그저 작고 추하기만 한 줄 알았다

나이 먹어 불혹에 한 발 다가선 지금
내게는 사람이 아름답다는 말이 더 깊이 이해된다
핍박받는 사람이
핍박을 이겨내려고 싸우면서도
가장 아름다움을 잃지 않는 사람이

그걸 나는 조금씩
확인하고 있다
그래서 눈 내리는 세상만큼
세상은 아직 살 만한 것이고
태어나길 잘 했다는 생각이 가끔씩 들 때가 있다.

한형주

절대 쌓이지 못할 것 같은 눈이 있다.

이끌리듯 창밖으로 내민 손바닥에는 물방울만이 손금을 따라 고인다. 이렇게 연하고 약하게 내리는 눈은 절대 쌓일 리가 없다.

그런 눈이 밤낮 그치지 않고 내렸다. 내리다 보니 눈발이 세져 이젠 내민 손바닥 위에서 꽤 눈뭉치 모양을 하고 있다. 그렇게 며칠씩 내렸다. 그렇게 내리다 보니 결국엔 쌓일 수밖에.

당연하다. 참 당연한데 나는 믿지 않았다. 왜 믿지 않았을까?

그렇게 쌓인 눈은 너무나도 아름다웠다. 하얗다 못해 눈부신 눈밭에 나는 차마 발을 들여놓지 못했다. 그저 내가 믿지 못했던 눈을 보며 경외감을 느낄 뿐이었다. 그도 잠시, 눈보다 더 아름다운 것이 있음을 나는 너를 보고 알았다. 푹푹 파여 휘청거리면서도 눈이 온 게 그리 좋은지, 저 멀리까지 뛰어 들어가 나를 부르던 너. 이 눈은 너를 위한 것이었구나. 아, 아름다움이여.

김나은

이 시는 무엇이 아름다운가, 라는 질문에 대해 '사람'이라는 답을 찾은 시라고 생각했다. 나도 눈밭을 보고 예쁘다고 생각한 순간들이 참 많았다. 그 속에서 뛰어 노는 아이들이 너무나도 예뻐 보였고, 나는 그 모습을 보면서 내가 눈 속에서 뛰어 놀았던 추억들을 생각하며 이런 것이 아름다움이라고 생각했다.

아름다움이란 무엇인가에 대한 대답을 찾고 싶었다. 아마 답을 찾은 사람들이 많지 않을 것이라고 생각한다. 앞으로 인생을 살아가며 많은 아름다움을 느낄 것이지만, 지금의 나는 이렇게 생각한다. 사람을 보고 아름답다고 느끼는 것이 우리가 사람이기 때문에 어쩌면 당연한 생각일지도 모른다고.

내 꿈은
- 도종환 선생 시풍으로

어릴 적 내 꿈은

선생님이 되는 게 아니었지

조그만 산골 밭뙈기 갈아

아름다운 사람과 오손도손

나눠먹는 것이었지

호박이 열리고 감자 굵어지면

뒷집에도 한 소쿠리 나눠주면서

젊을 적 내 꿈은

싸움으로 밤낮을 바꾸는

교육운동가가 되는 게 아니었지

깊디깊은 산골에 이름 없는 교사가 되어

아이들과 양지녘에 꽃을 가꾸며

가슴 적셔줄 사랑의 시를 노래하는 것이었지

문제교사가 되고 요주의 인물이 되어

학교서 쫓겨나고 복직도 못하고
이름 석 자 앞에 예전엔 상상도 못한
겁나는 직책을 주렁주렁 달고 있는
지금도 내 꿈은 그런 것이지
흙을 하늘로 아는 농꾼이 되고
아이들 앞에 부끄럼타는 국어선생님 되어
마지막 날까지 시를 가르치다 가는 것이지

박주연

이 시의 시인은 스스로 자신의 생애를 되밟으며 약간의 허무함, 무상감 그리고 후회의 마음이 느껴진다. 그럼에도 여전히 그의 꿈은 과거와 다름없이 '시인'이 되는 거라고 말할 수 있다는 화자의 한결같음에 감동했다. 교육 운동가로서의 삶도 떳떳한 시인이 되고자 했던 그의 결심의 한 부분일 것이다.

아직 인생이 뭔지 모르고 코 찔으면 당장 우는 어린 내가 화자의 심정을 모두 이해할 수는 없었다. 하지만 약간의 짐작을 담은 진심으로 화자를 존경하고 있다. 이 사회에서는 결코 아이들의 세계가 자유로울 수 없음에 대신 아이들에게 시 속에서의 자유를 깨닫게 해 주고 싶으셨던 것 같다.

만약 화자만큼의 삶을 걸어 나왔을 때 나는 내 꿈이 무어라고 자신 있게 말할 수나 있을까? 그날에 이 시의 화자가 말한 한결같음을 다시 되새기고 싶다.

안소은

꿈이 너무 아름답다. 깊디깊은 산골에서 아이들과 양지녘에 꽃을 가꾸고 시를 노래하는 삶. 꿈과 달리 한때 싸움으로 밤낮을 바꾸고 쫓겨났기도 했지만 여전히 아이들에게 마지막 날까지 시를 가르치다 가고 싶다 한 점이 인상 깊다. 시와 아이들에 대한 애정이 정말 깊은 것 같다. 나도 무언가에 애정을 가지고, 평생을 그것을 위해 살아갈 수 있을까? 나도 그런 멋지고 의미 있는 삶을 살고 싶다는 생각이 들었다.

다시, 처음으로

10년 만에 다시, 처음으로 돌아오던 날
내 자리 덮어버린 축전 꽃더미서 찾아든
전보 한 장
읽다 말고 엎드려 울고 말았다
10년 동안 가슴에 눌러 둔 울음
그냥 터뜨리고 말았다

선생님, 복직 정말 축하드려요.

그 동안 고생 많으셨지요. 이제 대학 졸업하고 사회 초년생
인 저희도, 선생님 복직 소식에 다시 학교로 가서, 교단에 서
계신 모습 뵙고 싶어요……

비록 얼굴도 모르는 수많은 제자 중에 하나지만, 항상 선생
님 복직 바라 온, 89년도 경화여중, 한 학기밖에 수업을 받지
못한 윤경, 현정 올림

아아, 너희들이었구나!

닫힌 철교문 안에서, 선생님! 선생님! 부르던 소리…… 차마 뒤돌아서 더이상 들리지 않게 된 다음에도, 언제나 나를 부르던 소리…… 내 이 길에 외로울 때 지쳐 쓰러지고 싶을 때, 선생님! 선생님! 날 불러 일으켜 세우던 그 소리…… 이젠 얼굴도 남아 있지 않은,

너희들이었구나. 무수한 무수한 너희들이었구나!

아이들아, 이제야 너희 곁에 돌아온, 죄 많은 이 선생을 용서해 주겠니? 하지만 아이들아, 못다 한 그 날의 수업, 언제나 마저 할 수 있겠니?

아이들아, 나는 이제 눈물로 다시 시작하련다. 이 눈물의 깊이 따라가면 보이는 길 그 길 따라, 끝없이 가다 보면 오늘처럼, 너희와 또다시 만나게 될 그 길 따라

안소은

10년 만에 복직하여 선생님으로 돌아오신 날, 제자들의 편지를 읽고 얼마나 눈물이 나셨을까? 그때의 선생님의 마음이 정말 와닿는 시인 것 같다. 특히 이 구절이 인상 깊다. '못다 한 그 날의 수업, 언제나 마저 할 수 있겠니?…… 선생님! 하고 불렀던 그 학생들도, 그때의 수업을 다시 듣고 싶겠지?
한편으론 나도 이런 선생님이 될 수 있을까? 라는 생각이 들었다. 나는 잘릴 수도 있음에도 불구하고 불의에 맞서고 저항할 수 있을까?

꽃에 대하여

열 살 때 나는
너를 꺾어 들로 산으로
별아 별아 똥 쳐라 부르면서
신이 났다
그때 나는 어린 산적이었다

내 나이 스물에
꽃밭에서 댕댕 터져오르는 너는
죽도록 슬프고 아름다웠다
사랑하는 사람이 있었기 때문이다

나이 서른에 너의 아름다움은
살아 있는 민중의 상징이었다
사람들과 어울려 사는 법을 배웠기 때문이다
나도 네 속에 살고 싶었다

마흔 고개 불혹이 되어서도
나는 아직 너를 모른다
어디서 와서 어디로 가는지
그러면서 흩어지는 까아만 네 씨앗을 보고 있다

나는 알 수 없다
쉰이 되고 예순을 넘겨
천지 인간이 제대로 보일 때가 되면
나는 너를 어떻게 사랑하게 될까

필요 없는 놈은 골라내고
고운 놈만 수북이 화분에 옮겨놓고
아침저녁으로 너를 아껴 사랑하게 될까
이니면 그냥 잡초밭에 두고
못 본 체 지나가며 사랑하게 될까

정서윤

이 시를 읽으면서 나는 이 시가 시인의 삶을, 짧지만 정확하게 노래하고 있는 시라고 생각했다. 십대 시절부터 현재 자신의 모습을, 각 나이 대에 꽃을 바라보는 관점을 통해 자신의 삶을 드러내고 있는 것 같다고 생각했다.

그러다 문득 의문점이 들었다. '왜 꽃에 대하여 생각을 하였을까' 하고. 그리고 나는 스무 살, 서른 살 시절에 대한 구절을 읽고 그에 대한 해답을 찾았다. 내가 생각하기에 시인은 각 나이 대에 꽃을 바라보면서 자신이 꽃을 바라보고 있는 관점이 바뀌어 가는 것을 느꼈기에 이런 시를 쓰시지 않았나 싶다.

김미리

한 사람이 꽃을 봐도 이 시에서처럼 다양하게 보게 된다. 수많은 사람들이 꽃을 본다. 그리고 그중 많은 사람들이 꽃에 대해 시를 쓴다. 그래서 꽃은 다양한 사람들에게서 다양한 모양으로 향기로 피어나게 된다.

어린 나에게 꽃은 그냥 예쁜 것이었다. 지금은 시를 떠올리게 된다. 꽃에 대한 수많은 시가 떠오른다. 그래서 나도 한 번쯤은 꽃에 대한 시를 써 보고 싶게끔 만든다.

꽃은 만화경 같다는 생각이 든다. 만화경은 조금 다른 환경에서 보면 완전히 다른 무늬가 만들어진다. 꽃은 조금 다른 사람이 다른 감정을 바라보면 전혀 다른 꽃이 된다. 하나의 꽃이 사람에 따라 시간에 따라 변한다.

수업기

중학 시절, 나는 공부벌레였다. 학교서는 1초도 책을 덮지 않았다. 노가다 아버지, 겨우내 일자리 없어 아저씨들 찾아와 막걸리 마시는 날은, 집에 오면 곧장 만화방으로 쫓겨 갔다. 그때 우리 일곱 식구 주먹만 한 사글세 단칸방에 살았다

내 장래 희망은 육사였고, 그 이전엔 월급 받는 은행원, 그 이전엔 농촌 계몽 운동가였다. 그 꿈들의 변천사는 내 가족의 구멍 난 사회경제사를 비추는 낡은 거울이었다. 멋진 한복을 입은 일가족이 밥상 앞에 둘러앉아 쌀밥 먹는 그림을 내 문집 겉장에 붙여놓고, 꿈꾸듯 떠나온 '고향 그리워' 류의 동시를 써 붙이던 시절

학교 오가는 길 큰길에선 영어 단어를 외웠고, 골목길 남 안 보이는 곳에선 찌그러진 담배꽁초나 휴지를 주우면서 왼손이 모르는 오른손의 기쁨을 터득했다. 나중에 시인이 안 되었으면 광신 전도사가 되었거나, 어쩌면 역마살 받아 산천을 떠돌 운명이었을지도 모를 일이었다

고교시절, 공납금이 없어 학교 매점에서 일했다. 근로 장학생, 아이들 말로는 빵쟁이였다. 나는 중학 때처럼 불꽃 튀는 경쟁의 톱니바퀴에 끼어들고 싶었지만, 영양실조에, 휴식이 없는 고된 노동에, 공부방 하나 없는 불공정 게임의 벽에 부딪혀 침몰하기 시작했다. 그 무렵 그 아이를 처음 만났다

내 앞에 새로운 세상이 열렸지만, 몇 날 밤을 새우며 씨름하는 내게 글은 절대로 쓸모 있는 도구가 아니었다. 고3 되어 마지막 편지를 받았다. 수업 끝나면 강당 앞 서쪽으로 기울어진 언덕바지 코스모스 밭에 달려와, 둥둥 떠오르는 꽃덩이 사이로 그 아이가 보내주는 황홀한 저녁놀을 서늘한 가슴으로 받아 안고 웃었다

마지막 여름방학은 원 없이도 보냈다. 가방은 학교 도서관에 팽개치고, 고산 포도밭 앞산 팔공산 동화사 송림사 동해 바다로…… 너를 찾아, 그 때 다 순례하고도 쓸쓸함은 끝내 부서지지 못하고 파도로 남아, 내 가슴 무수히 들이치고 빠져나가곤 하던, 그 슬퍼서 아름답던 날들의…… 나의, 수업

손다인

학교에서 교단에 선 선생님들의 50분간의 수업이 배움의 전부가 아니다. 살면서 마주치는 많은 상황과 어려움을 겪는 과정, 주어진 현실 속에서 고뇌하며 방황하는 순간들, 다른 사람과 관계 맺으며 때론 기쁘고 때론 아프며 성장해 가는 것들이 모두 수업이다. 그것들이 내 정체성을 만들고 세상을 가르쳐 준다.

모든 사람들이 자기만의 스토리가 있는데, 시인의 이야기는 조금 무겁고 힘들게 느껴진다. 어찌할 수 없는 가난 속에서 자신의 힘이 부족하다고 느껴질 때 그 먹먹함은 어떨까 나는 알지 못한다. 그래도 그 아이가 시인이 되고 선생님이 되었기 때문에 그간의 힘듦은 축복받고 있다고 생각한다. '수업'은 힘들었겠지만 '학생'은 '시험'을 잘 친 것 같다.

변채원

'수업기'라는 시는 내게 조금 특별하게 다가왔다. 다른 시들보다도 시인의 일대기가 유독 잘 드러나는 시이기도 했고, 그런 것들을 표출해 내는 것이 힘들다는 걸 잘 알기 때문이었다. 나 또한 글을 즐겨 쓰는 사람이었고, 혼자서만 쓰고 읽는 글에도 나는 내 안의 것들을 꺼내기 힘들어했다. 그렇기에, 시인의 일생이 담겨 있는 이 글을 보고, 이 시를 쓰기 위해 얼마나 많은 시간과 많은 생각이 들었을까, 하는 생각이 들기도 했다.

또한, 이 시에서 무엇보다도 내 마음을 사로잡았던 문장은 '글은 절대로 쓸모 있는 도구가 아니었다'라는 문장이었다. 글 쓰는 것을 꿈으로 삼고 있는 나에게, 유난히 돋보였던 문장이었다. 글은 절대로 쓸모 있는 도구가 아니란 건, 글을 조금이라도 써 보면 알 수 있다. 이런 불확실한 진로를 미래로 삼고 있다는 건, 나 또한 불확실하고, 불안정한 삶을 살고 있기 때문이다. 글이 쓸모없다고 느끼더라도, 글을 포기하지 않았으면 하는 바람이다.

시인의 비명碑銘

언제나 사랑에 굶주렸으되
목마름 끝내 채우지 못하였네

평생 막걸리를 좋아했고
촌놈을 자랑으로 살아온 사람,
아이들을 스승처럼 섬겼으며
흙을 시詩의 벗으로 삼았네

사람들아, 행여 그가 여길 뜨려거든
그 이름 마땅히 허공에 묻지 말고
그가 즐겨 다니던 길 위에 세우라

하여 동행同行할 벗이 없더라도
맛있는 막걸리나 훌훌 마시며
이 땅 어디어디 실컷 떠돌게 하라

손다인

이 시를 읽으면 방랑하는 삶을 산 시인의 모습이 그려진다. 돈이나 권력
을 추구하는 게 아니라 자연을 벗 삼고 제자들과 함께 성장한 인간미 물씬
느껴지는 그런 사람. '그 이름 마땅히 허공에 묻지 말고/ 그가 즐겨 다니던
길 위에 세우라'라는 말이 와닿는다. 죽어서까지도 그저 자신이 즐기던 것
을 소소하게 추구하는 것 같다. 그런데 사랑에 대한 목마름을 끝내 채우지
못했다는 말은 무슨 의미일까. 완전한 사랑을 해 보고 간 사람이 얼마나
되겠냐마는 시인이 갈망하는 사랑은 무엇일까 궁금해진다. 이루지 못한
첫사랑에 대한 목마름일까, 아님 자신이 바라는 세상에 대한 갈증일 수도
있겠다. 시인과 막걸리 한잔 나누고 싶어진다.

얼굴

아래채 고쳐 지으려고 흙집 헐어내니
천정 흙벽에 숨어 얼굴 한번 안 보여주던
기둥이며 대들보 서까래들이 우르르 쏟아져 나왔다
그 옛날 심산 식구들과 고즈넉이 살다 대목의 눈에 들어
이리로 시집왔을 적송 등걸들이
인근 구릉이나 논밭에서 져 날랐을 황토와 볏짚에 엉긴 채
무거운 짐 내려놓은 듯 너무 편안히 누워 있다
이 거무레한 몸으로 엄동설한 다 받아내어
이 집 식솔들 한 세상 견뎌 살게 한 것인가

그 얼굴이 보고 싶어 그라인드를 댄다
지긋이 힘을 줄 때마다 깎여나가는 시간 너머로
한때 푸른 대지와 심호흡 주고받았을 작은 옹이들이
별꽃처럼 파르르 돌아오고
햇살과 그늘 놀다 간 자리, 둥근 나이테로 살아오는데

나무의 얼굴에 가만히 내 얼굴을 댄다 오늘 나는
어떤 무늬로 살았을까, 먼 후일 나는 누구에게
어떤 무늬로 발견될까, 생각하면서
그 얼굴에 내 얼굴 갖다 대면
내 생의 무늬도 한결 따스하고 환해질 것 같아서

김채은

TV를 시청하고 있던 중 100년 가까이 된 집의 지붕이 망가져 재건축하는 장면을 본 적이 있다. 지붕을 다 들어내고 보인 것은 비와 눈을 잔뜩 맞아 썩어 가는 대들보였다. 그 대들보를 보고 '오랜 세월 동안 힘들었겠구나.'라는 생각이 들었다. 그래서 이 시의 '무거운 짐 내려놓은 듯 너무 편안히 누워 있다'는 구절에 공감할 수 있었다.

더 나아가 사람들이 이야기하기를 '인간의 마음은 얼굴에 나타난다'고 한다. 얼굴을 보고 그 사람의 성격과 그 사람이 겪어 온 일생을 알 수 있다. 시의 흙집의 대들보와 기둥들도 한평생 보이지 않는 곳에서 묵묵히 견뎌와 인자한 얼굴을 가지게 된 것과 같이, 나도 다른 사람이 보았을 때 따뜻한 얼굴을 가질 수 있으면 좋겠다.

장예린

나무의 겉면을 보면 그 나무의 종류와 겉모습만을 알 수 있지만 나무의 나이테를 보면 그 나무가 살던 지역의 온도, 계절의 변화 등 나무의 삶에 대해 알 수 있다. 이런 점을 보았을 때 이 시에서 나이테를 '얼굴'이라고 표현한 것이 적합하다고 생각한다.

사람들도 처음 만났을 때는 첫인상 즉, 겉모습만을 본다. 하지만 점점 그 사람의 말과 행동을 통해 그 사람에 대해 제대로 알게 된다. 이처럼 내 신체에도 얼굴이 있지만 사람의 인품과 태도가 그 사람의 진짜 얼굴을 보여 주는 것이 아닐까?

'오늘 나는 어떤 무늬로 살았을까, 먼 후일 나는 누구에게 어떤 무늬로 발견될까'라는 구절을 읽다가 떠오른 것이 있다. 다른 사람이 훗날 나를 떠올릴 때 그 사람이 떠올리는 것은 내 외모가 아니라 내 진짜 '얼굴'이라는 것을….

수빈이가 그린 내 얼굴

둥글넓적한 얼굴 선 안에
빙긋이 웃는 눈과 코, 입이
가는 실처럼 희미하게 떠 있는
이것이 수빈이의 거울에 비친 나의 무늬다

스승의 날을 앞두고
담임인 내게 선물한다며
야간 자습시간에 스케치 했다는 그림,
아이의 손바닥 넓이로 떼어낸
흐린 연습지에
희미한 연필 선이 거침없이 지나간 모양 그대로
거기 또 다른 내가, 나를 보고 있다

웃고 있다
아마도 그는 평생 웃을 수밖에 없을 것이다

그 무늬 앞에 나와 선

나도 그럴 것이다

그림이 따뜻한 걸 보니

아이 마음이 더 따뜻하다

김나은

시 1연을 읽자마자 자연스레 우리 선생님 얼굴이 머릿속에 그려졌다. 신기하게도 내가 보는 선생님 모습과 수빈이라는 학생이 보는 선생님 모습이 같았다. 아마 우리 반 친구들도 이 시를 읽자마자 선생님을 떠올렸으리라고 장담한다. 얼굴을 '무늬'라고 표현한 점이 인상 깊었다. 사람의 얼굴을 볼 때는 단지 생김새가 아니라 나에게 비춰지는 그 사람의 이미지를 포함해서 보게 된다고 생각한다. 내가 바로 선생님을 떠올릴 수 있었던 것은 항상 변함없이 보여 주는 따뜻한 마음이 아닐까.

마지막 연에서 말하듯 그림이 너무나도 정성스런 느낌을 주고 있다고 생각했다. 상대의 모습을 그림에 담으려고 계속해서 생각하며 그렸을 이 그림이 그래서 더 따뜻했지 않을까. 학생의 마음이 얼마나 따뜻한지 고스란히 느껴져서 마음이 몽글몽글해지는 시다.

겨울 가야산

눈 덮인 가야산에 새벽 햇살 점점이 붉다
직선에 가까운, 굵은 먹을 주욱 그어
하늘 경계를 또렷이 판각하는 지금이
내가 본 그의 얼굴 중 가장 장엄한 순간이다

그 앞에선 언제나 엎드리고 싶어지는
저 산의 뿌리는 쩡쩡한 얼음 속처럼 깊고 고요해도
곡괭이로 깡깡 쳐보면 따뜻한 생피가 금세 튀어올라
내 얼굴 환히 적셔줄 듯 눈부신데

사람에게도 그런 순간이 찾아오기라도 한다면
언제쯤일까, 저 산과 내가 가장 닮아 있을 때는

한형주

늘 그렇듯이 떠오르는 해는 눈 덮인 가야산 앞에서 유독 아름답다. 그 아름다운 해의 빛을 온몸으로 감싸 안으며 장엄한 지금의 순간을 누리는 시인이 여기 있다.

어릴 적부터 보아 왔을 가야산이 그에게 어떤 의미일지 생각해 본다. 가르침과 깨달음을 얻으며 함께 자라왔을 가야산이 그에게 어떤 존재일지 감히 추측해 본다.

아마 둘도 없을 친구, 놀이터 그리고 선생님이었을 것이다. 기쁨이었고 놀라움이었으며 사랑이자 동반자였을 것이다. 그러다 결국엔 그 자신이 되었을 것이다.

나는 쩡쩡한 얼음 속처럼 깊고 고요한 속에 담긴 따뜻한 생피를 가진, 내가 아는 시인을 떠올리며, 역시 시인과 시인의 시는 무척이나 닮아 있다고 오늘도 생각한다.

나의 집

일찍이 나 아이들 가슴에 집 지어 살고자 하였으되
어떤 집을 지어 왔는지 알 수 없다
그로부터 10년, 20년이 지난 지금 어느 날
낙엽이 그리운 창 너머 세상 어디에서
폭닥한 목도리 같은 것에 쌓여 날아온 꽃엽서 한 장,
뒤따라 걸려온 전화에서, 어린 딸 아이 울음에 섞여 함께
울먹이는
아득하게 그리운, 그리운 목소리 같은 것
세상을 바꾸겠노라고, 아이들을 이 땅에 바로 세우겠노라고
뛰어다니던 젊은 날의 나를 닮은 너희들의
참 아름다운 웃음과 힘찬 목소리 같은 것들이
때때로 나를 다시 일으켜 세우곤 하지만
알 수 없다 아직은, 너희를 온전히 떠나기 전에는
내가 정말 너희 가슴에 어떤 집을 지어왔는지
그 집, 세월보다 먼저 희미하게 스러져

지금은 모습조차 알아볼 수 없는 낡은 집은 아닌지

김채은

이 시를 읽으며 화자가 교사라고 생각했다. 학교에서 학생들을 가르치며 학생이 스스로 생각할 수 있는 힘을 갖게 만들었는지 궁금해 하며, 학생들이 앞으로 살아갈 인생에 어떤 영향을 끼쳤는지에 대한 질문을 스스로에게 던지고 있는 것 같았다.

시 제목인 '나의 집'을 보고 어떤 의미일까 했는데, 시를 읽고 나니 시어 '나의 집'이라는 의미가 화자가 아이들 마음속에 채워 놓은 하나의 공간 같았다. '세상을 바꾸겠노라고, 아이들을 이 땅에 바로 세우겠노라고'라는 부분에서 화자가 교사로서 사회를 바로잡기 위해서 노력하고 있다는 것을 느낄 수 있었다. '지금은 모습조차 알아볼 수 없는 낡은 집은 아닌지'라는 부분은 화자가 만들어 놓은 아이들의 집이 없어지지는 않았을까, 하고 걱정하는 것처럼 느껴졌다.

나도 내 마음속에 있는 나의 집을 지켜나가야겠다고 생각했다.

김나연

처음에는 집이라는 개념을 이해하기가 어려웠다. 하지만, '지금은 모습조차 알아볼 수 없는 낡은 집은 아닌지'라는 문구를 보는 순간 '아', 하는 생각이 들었다. 그리고 집이 뜻하는 것이 무엇인지 느껴졌다.

한때 어려서 아무것도 몰랐던 '나의 집'이 아직 남아 있을 것만 같다. 나는 아직 어려 누군가에게 나의 집을 지어 줄 수도 없고, 나에게 무슨 집이 남아 있을지도 모른다. 하지만, 나중에 내게도 찬란한 집이 하나 남아 있으면 좋겠다.

나무 아래 와서
- 옛 이야기1

이윽고, 참을 수 없이 노오란 은행잎들이 퍼붓던 날, 그대는 가고, 지나가던 바람이 내 귀를 열어 속삭였지요.

- 이제부터 넌 혼자가 아닐 거야

그건 놀라운 예언이었나 봅니다. 그날 이후 나는, 새벽이슬, 초승달, 몇 개의 풀꽃, 뜬구름, 작은 시내 같은 것들에 매달려 있었고, 그 안에서 숨 쉬며 말 배우는 기쁨에 살았었지요.

다시 노오란 은행잎들이 퍼붓던 날, 그 나무 아래 와서, 그대를 내게 보내고 다시 거두어 가버린 당신의 크나큰 마음을 읽고는 처음으로 펑펑 울 수 있었지요.

그날 이후 나는, 슬픔 많은 이 땅의 시인이 되고 말았습니다.

김미리

기쁨을 알지 못하면 시는 써질 수 없다. 또한 슬픔을 알지 못하면 시는 써질 수 없다. '나'는 은행나무 아래에서 기쁨과 슬픔을 배웠고 그렇게 시인이 되었다.

김채은

이 시의 화자는 '노오란 은행잎'을 가진 나무 아래에서 기쁨과 슬픔 두 가지를 경험한 것 같다. 시의 1연의 '그대는 가고, 지나가던 바람이 내 귀를 열어 속삭였지요'는 나뭇잎이 화자에게 희망을 불어넣어 주고 4연의 '그대를 내게 보내고 다시 거두어 가버린 당신'을 통해 사람의 생명과 죽음에 대해 생각할 수 있었다.

나도 스트레스를 받거나 힘이 든 일이 생기면 거리를 걸으면서 스트레스를 푸는데 그때마다 나에게 다가와 준 것은 말라비틀어진 나뭇잎이었다. 그래서 '이제부터 넌 혼자가 아닐 거야.'라는 부분이 화자와 나의 지친 마음을 위로해 주는 것처럼 느껴졌다.

내 주소

우리 뒷산에는 꿩이 살고

햇살과 그늘이 번지를 바꿔가며 산다

해거름 녘 꽁지가 유난히 짧은 까투리가

고구마 캐낸 밭 언저리 숲에 내려와

콩알 같은 눈알 동글동글 굴리며 한 올 햇살을 콕콕 파헤친다

그 모양을 봉창으로 한참이나 바라보다

살금살금 기어가 약콩 한 줌 던져주었는데

그 바람에 녀석이 얼마나 놀랐는지

가고는 한동안 날아오지 않는다

어미 고양이는 양지녘 가시덤불 뻔질나게 들락거리고

그 둥지 속 새끼는 주먹눈 빤히 뜨고

다가오는 어둠길을 조심조심 살피고 있다

산토끼는 고양이 일가一家 때문에 더 깊은 숲으로 올라갔고

꿀밤숲 그늘은 물이 마르지 않는 골짜기로 내려왔다

빈 집터서리 밭둑, 늙은 감나무는 곧 부러질 손을 있는 대

로 흔들어

지나가는 바람 불러 모아선, 허공 저 멀리

마지막 잎 하나를 둥둥 띄워 보낸다

그 아랫녘, 별자리 지나가는 둥근 양철 지붕 아래

여름이나 겨울이나 진공청소기 같은 눈을 뜨고

작은 창 활짝 열어, 푸른 햇살 빨아들이며 내가 산다

김연주

시를 한 글자 한 글자 읽어 나갈수록 시골에 있는 나의 집이 떠올랐다. '까투리'를 '멧돼지'로, '가시덤불'을 '찢어진 망'으로, '둥근 양철 지붕'을 '갈색 벽돌 집'으로, 단어 하나하나를 내 것으로 바꾸어 가며, 내 안에서 내 주소를 새롭게 만들었다. 시를 읽는 것을 마치자, 문득 '아…… 나는 참 좋은 곳에 살고 있었구나!' 하는 생각이 들었다. '주소를 이렇게 풍부한 말들로 꾸며낼 수 있는 곳은 여기 밖에 없겠구나.' 하고 생각했다.

이젠 나에게 새로운 주소가 생겼다! 한때 시내 사는 아이들의 'ㅇㅇ동'이라는 주소에 위축되었지만, 지금은 괜히 마음속으로 우쭐해 본다.

선물

두 아이를 데리고

가을 들판 걸어 나가 따가운 햇살 만났고

물소리 아득한 숲으로 들어가

땅 바람 물 햇살 듬뿍 입고 자란

나락이 내준 이밥을 입이 비좁도록 씹었고

사과가 내준 벌레 먹은 사과도 베어 먹었고

감이 내준 홍시도 쪼개어 먹었고

적송이 바람결에 전해 준 몸향을 훌훌 마셨고

너럭바위 걸터앉아 지나가는 구름이 보내준 편지를 읽었고

그 아래 투명유리 같은 석간수를 얻어 마시곤

다시 생전 처음 보는 산길을 걸어갔는데

나는 이게 모두 선물인 줄을 몰랐다

혈기 충천하던 젊은 날에는

그것들이야 원래부터 있는 것이고

있어야 하는 것이라 생각했다
없을 수도 있고
있는 것이
정말 기적이며 정말
기막히게 신기한 일임을 알지 못했다

내가 왜 지금, 여기에 있는가
내가 어떻게 여기, 이렇게 있을 수 있는가
나는 누구이며, 누구 대신 여기 있는가
나는 누구의 몸이고 마음인가
나는 누구인가

이런 생각을 하면서 나는
비로소 내가 되었다
시간과 피나게 싸우면서
나는 내가 될 수 있었다
나도 아이도 모두 진귀한 선물임을 알고 나서

한형주

누구나 그렇다.
엄마의 깨움과 함께하는 눈뜨기가, 급한 입에 물린 빵 조각이, 졸고 있는 눈에 뜨는 해를 담아 준 운전석 아빠의 목소리가, 연거푸 이해를 묻는 선생님의 설명이, 해질녘 부푼 배를 꺼뜨리는 친구와의 운동장 돌기가, 어제 같이 교문 차 줄 속에 끼어 있는 엄마의 시간이.

너무나도 당연한 것들.
너무나도 당연하게 여기지 말아야 할 것들.

깨닫기 전에는 깨닫지 못한다. 깨닫고 난 후에야 절절히 느낀다. 어쩌면, 이미 개봉된 선물들을 다시 하나씩 살펴보는 것은, 나 역시 소중한 선물임을 알게 되는 과정인 듯도 하다. 나와 내 선물들을 사랑하는 과정인 듯도 하다.

장예린

이 시는 우리들의 일상들이 모두 선물이라고 말하고 있지만 우리는 그것을 너무나도 당연히 여겨 그것이 선물인지도 모를 때가 많다.
이 시에서 말하는 것처럼 내 일상이 모두 선물이라면 나는 엄청나게 많은 선물을 받은 축복받은 사람일 것이다. 또한 이것을 항상 기억하며 살아간다면 우리의 매일매일은 아주 행복한 나날들이 될 것이다.
특히 '나는 이게 모두 선물인 줄을 몰랐다'라는 구절을 읽으면서 이 시는 일상에 지친 우리에게 삶의 원동력이 되어 주고, 나 자신의 소중함을 알려 주는 시라는 생각이 들었다.

수륜초등학교

40년 전 동창들이 운동장 가에 우뚝 세운
'공부하는 어린이' 석고상 앞에 앉아 나도 책을 펼쳐 든다
두 남녀 아이가 서로 어깨를 기대고 책을 보는데
석고 책은 떨어져 나갔는지 보이지 않고
아이들의 두 눈은 손끝만, 멀뚱히 내려다보고 있다

가야산 동남 끝자락 들판에 섬처럼 떠 있는 학교
콜타르 먹인 판자 건물, 몇 번이나 뜯어내고 채색하고 지붕
을 이어서
옛 모습 다시 찾을 길 없지만
그 시절 어린 플라타너스 이젠 어른이 되어
군데군데 남아 아이들 떠난 자리를 지키고 있다

플라타너스 겉껍질 층층이 패인 상처가
지나가는 바람 속에 단단한 슬픔으로 굳어 있다

오돌토돌한 표면으로 연필심 갈아내려고

벗겨낸 상처의 속살들이 은밀히 자라난 것들,

그 나무 짙은 그늘 아래 엎드려, 연필에 침 발라 숙제 하던 내가

세상을 만나 아프면서 여기까지 걸어왔듯이

사라진 동무들, 삐걱이던 목조 교실, 더 작아진 운동장

이젠 이 땅에 계시지 않는 옛 선생님의 손풍금 소리

이것들이 죄다 그늘진 내 영혼의 슬픈 목록이다

플라타너스 안에서 누가 손을 내밀어 마침종을 울린다

석고상 아이들도 엉덩이 툴툴 털고 일어나

금빛 고함 내지르며 운동장으로 폴짝 뛰어 내린다

손다인

'그늘진 내 영혼의 슬픈 목록'이란 말이 이해되지 않았다. 사라진 동무들은
어디갔을까. 옛 초등학생 시절과 많이 달라진 현재가 슬픈 걸까. 그래서
그리워하는 마음일까. 플라타너스 나무를 보며 동질감을 느끼는 것 같은
데 초등학교를 보며 슬픔을 느끼는 건지, 추억을 회상하는 건지, 둘 다인
지 잘 모르겠다.

많은 시간을 보낸 특별한 장소에 가면 이상한 기분이 든다. 그 시절에 느
꼈던 순수하고 맹목적인 감정들. 그것들을 다시 느끼지 못한다는 아쉬움
과 벌써 이렇게 커버렸다는 당혹감이 든다. 그렇게 추억을 회상하다 또 살
아가게 된다.

가끔 어린아이들이 뛰놀고 있는 모습들을 보면 참 부럽다. 그래서 마지막
에 '석고상 아이들도 ～ 폴짝 뛰어내린다'는 표현이 재미있고 와닿는다. 생
동적인 공기를 잘 나타내는 것 같다. 금빛 고함이라니, 너무 예쁜 풍경이다.

2부

빛과 그늘

서문시장 돼지고기 선술집

고등학교 다닐 때였지

노가다 도목수 아버지 따라

서문시장 3지구 부근, 지금은 사라지고 없는 할매술집에 갔지

담벼락에 광목을 치고 나무 의자 몇 개 놓은 선술집

바로 그곳이었지 노가다들이 떼서리로 와서 한잔 걸치고 가
는 곳

대광주리 삶은 돼지다리에선 하얀 김이 설설 피어올랐고

나는 아버지가 시켜주신 비곗살 달콤한 돼지고기를 씹었지.

벌건 국물에 고기 띄운 국밥이 아닌, 살코기로 수북이 한
접시를(!)

꺽꺽 목이 맥히지도 않고

아버지가 단번에 꿀떡꿀떡 넘기시던 막걸리처럼

맥히지도 않고, 이게 웬 떡이냐 잘도 씹었지.

뱃속에서도 퍼뜩 넘기라고 목구녕으로 손가락이 넘어왔었지

식구들 다 데리고 올 수 없어서
공부하는 놈이라도 한번 실컷 먹인다고
누이 형제들 다 놔두고 나 혼자만 살짝 불러 먹이셨지
얼른 얼른 식기 전에 많이 묵어라시며
나는 많이 묵었으니까 니나 묵어라시며

스물여섯에 아버지 돌아가시던 날 남몰래 울음 삼켰지.
돼지고기 한 접시 놓고 허겁지겁 먹어대던 그날
난생 처음 아버지와의 그 비밀 잔치 때문에
왜 하필이면 그날 그 일이 떠올랐는지 몰라도
지금도 서문시장 지나기만 하면 그때 그 선술집에 가서
아버지와 돼지고기 한번 실컷 먹고 싶어 눈물이 나지
그래서 요즘도 돼지고기 한 접시 시켜놓고 울고 싶어지지

채연정

이 시를 읽고 나면 한동안 아무 생각도 하지 못하게 된다. 왜 아무 생각도
나지 않는 것인지, 왜 같은 감정을 오래 지속하고 있는 것인지 해답을 찾
을 수 없었지만, 한동안 나는 뭉클함과 그리움이라는 감정에 휩싸여 있었
다. '가난'이라는 짐을 항상 어깨에 짊어지고 계신 아버지. 그러나 아들에

게는 표현할 수 없는 아버지의 마음. 멋도 모르고 좋아하는 아이. 그 뜻을 나중에 알고 슬퍼하는 아들…… 어쩌면 이것은 어떤 집에서나 일어나고 있는 상황일지도 모른다는 생각이 들었다. 현재 나의 모습이 이 아이의 모습과 같을 수도 있다는 생각을 하게 되었다. 지금은 당장의 기쁜 것만을 찾아 '나' 중심으로 살아갈 수도 있지만 부모님께서 떠나신 후 과연 그때도 이 기쁜 마음 그대로 추억을 되살릴 수 있을지 생각해 보게 하는 시다.

박신이

'서문시장 돼지고기 선술집'이란 이름의 책을 술에 거나하게 취하신 아빠가 보시곤 책에 관해 물었다. 아빠가 술을 먹는 것을 별로 좋아하지 않는 나는 아빠의 물음에 눈을 살짝 흘기면서, '선생님이 쓰신 책이야. 시인이셔'라고 대답했다. 그러자 평소에는 과묵하신 아빠가 자신의 어린 시절 이야기를 신나하며 해 주셨다. "옛날에 집으로 가는 길에 꼭 서문시장을 지나고 갔었다. 길을 지나가면서 맛있는 음식들이 많이 있었는데, 그 음식들을 사먹을 형편이 안 되니 그저 군침만 흘리면서 지나갈 수밖에 없었다. 그리고 그 음식들 중 납작 만두랑 떡볶이가 그렇게 먹고 싶었다…."며 수다를 털어 놓으셨다. 나는 그 이야기를 들으면서 아빠가 볼이 빨간 소년이었을 땐 저렇게 수다스러운 성격이었을 것 같다는 생각을 했다.

자신이 예전에 겪었던 추억에 관한 장소나 물건을 보면 그때 그 시절의 나이로 잠깐 돌아가 시간여행을 하는가 보다. 아빠 그 시절에 자기가 먹고 싶어 했던 음식, 그런 자신에 대해 즐거운 추억을 경험하셨고, 선생님은 그때 돼지고기를 신나게 양껏 먹던 어린 시절을 떠올리면서 현재 상실한 것에 대한 그리움을 경험하셨다.

나는 내가 어렸을 때 갔었던 장소나 그와 관련된 것들을 봤을 때 이런 경험을 한다. 다신 되돌릴 수 없는 그때의 추억을 함께한 '어린 나'를 가슴에 품고 있어서, 추억에 관련된 장소나 물건을 보면, 그 어린아이가 내 속을 쿡쿡 찌르면서, "우리 그때 여기 가서 이런 거 했잖아! 진짜 재밌었어."라고 하는 것 같다. 아직 어린 나도 이런 경험을 하는데 훨씬 더 오랜 시간이 지나 추억을 회상할 때면 어떨까 궁금하다.

아버지의 추억

우리 집 짓는데 일꾼 중에 꼭 젊은 날의
내 나이만 한 아버지를 닮은 분이 있다
나보다 훨씬 늙으신, 얼굴이 검게 그을은 사진 속의 아버지
처럼
담 그늘에 앉아 담배도 뻑뻑 피우시고
막걸리도, 참으로 받아낸 국수도 그냥 들이켜신다
내일부턴 일이 없다며 돈 받아 세어선 뒷포켓에 찔러 넣고
술 한 잔 하러 가자며 쓸쓸히 돌아서는 그 모습이
천생 아버지다
아마도 시장통 포장마차 선술집으로 가시는 거다

언젠가 대구 반고개서 시외버스 기다리다
뒷모습이 꼭 닮은 아버지를 본 적이 있다
아 . 부 . 지 . 이 -
달려가며 고함 꽥 지르고 싶었지만

발이 땅에 달라붙어서
목구멍에서 소리를 내보내지 않아서 가만히
아부지……
하고 말았다

아부지……
이렇게 중얼거리면 더욱 그리워지는
아버지 때문에, 시장통 술집에 앉아
그 옛날 아버지와 가 본 가천장날 그 돼지국밥에
막걸리 한 병 따뤄 놓으면
목이 뜨거워 술이 술술 잘 안 넘어간다

아버진 이런 날도 산중에 계신다
흙이 되신 지 벌써 오래다

박주연

돌아가신 아버지께 '흙이 되시다'라고 표현한 부분이 인상적이었다. 언제
나 계실 것 같고 부르면 대답할 것 같던 화자의 아버지가 벌써 '흙이 되신'
걸 알았을 때, 충격과 허탈을 느꼈다. 그리고서 나도 모르게 집에 계실 내
아버지의 모습이 떠올랐다.

엄마만큼 애살 돋게 웃어드리지 못해 마음에 언제고 먹먹함이 있다. 그리
하여 지금도 죄송하게 생각한다. 아빠를 어렵게 생각하고 눈치 보고 안부
인사조차 전혀 가볍지 않은 때, 아빠 가슴엔 대못이 박힌다는 것을 자식
되어 모를 수야 없다. 그래서인지 왠지 내 20년 후 '아부지이-'부르는 화
자가 내가 될 것만 같았다. 그리고 그 아부지란 말 속에 온갖 죄송함과 후
회가 섞여 있을 것 같다. 내가 자라서 몇 십 년이 흘러도 그때까지 우리 아
빠 흙이 되지 말았으면 좋겠다.

어떤 유모차의 기억

유모차 한 대, 물가 방둑에 섰다
나는 오래 된 저 유모차의 내력을 알 듯도 하다

10대 후반에 이곳 산골로 시집 와서
시어머니 등쌀에 밥도 오다가다 주먹으로 집어먹으며
자정이 왜 생겼냐고 호롱불이 닳도록 일하고
허리 한번 펼 새 없이 하루가 가고
이틀 사흘 열흘이 가고, 해가 바뀌면서
뱃속 아이가 땀띠 나도록 일하고, 아이 나자
흙밭둑 나무 그늘 아래 소쿠리에 풀어 두고 키웠는데
호랑이 시어머니 산으로 가고
그 아이가 커서 아이 낳자 허리가 굽었다

시어머니 무서워 자식 한번 안아 얼러보지 못한 죄밑 아려
금지옥엽 손주는 유모차에 태워 들로 강가로

둥글고 환한 호박꽃에 아이 얼굴 비춰주고
비 오는 날 앞또랑에 올라오는 물고기의 길을 일러주고
빨간 고추잠자리 잡아 노을에 시집 보내주기도 하며
금방 뽑은 무 이파리 아이 곁에 너풀너풀 싣고
덜컹거리는 자갈길 춤추며 돌아오던 그 유모차

아이가 유모차에서 뛰어내려 세발자전거 탈 무렵
이 악물고 버티어 온 그녀의 관절이 무너졌다
더 이상 아무것도 실을 수 없는 유모차,
움직이는 바퀴가 기둥 되어, 텅 빈 힘으로 땅을 굴러
비틀거리는 할머니를 당당히 이끌고 다니던 그 유모차

하얀 조팝꽃 지고, 온 방둑이 하얀 개망초꽃 지천이던
6월 어느 날, 그 집 앞 감나무 그늘에
보일 듯 보일 듯 호박꽃 같은 조등이 걸리고
며칠 내내 하늘이 터져 큰물 지는 동안
그녀의 유모차는 혼자 냇가 방둑에 비바람 맞고 서서
시퍼렇게 불어가는 냇물을 보고 있었다
착한 물고기들이 등에 불 하나씩 켜 들고
하늘 길로 줄지어 올라가는 걸 보고 있었다

박수연

길을 가다가 종종 유모차를 끌고 다니는 할머니를 본 적이 있다. 텅 빈 유모차에 자신의 몸을 지탱해 한 발씩 힘겹게 내딛는 모습을 볼 때마다, 그 사연을 어렴풋이 짐작해 보곤 했다. 시를 읽고 유모차의 기억을 더듬어 할머니의 삶을 살펴볼 수 있었다. 유모차를 끌고 다니는 할머니는 어린 나이부터 고된 시집살이에 시달려서 아이 낳아도 눈치 보며 키웠다. 그래도 손자만큼은 유모차에 태우고 애지중지, 관절이 닳아 가는 줄도 몰라서 유모차는 텅 비었어도 할머니를 끌고 간다. 고된 삶에 굽은 허리와 닳은 관절은 손자를 태웠던 유모차가 이끌어 주고 있는 것이었다. 이제 내 주위에 흔히 보이는 유모차에 끌려가는 할머니를 이상하다 생각하지 않을 테다. 유모차의 기억은 할머니의 한평생을 보여 주었기 때문이다.

화분

언제나 국화는 국화로 남는 것일까
국화가 가득 담긴,
이제는 시들어 시든 대궁이 되어
다 떨어지고 몇 안 남은 꽃
세상살이 50년 셋방살이 30년에
쭈굴쭈굴하면서도 심성처럼 곱게 늙으신
어머니의 얼굴 같은
초겨울 바람에 흔들리며 사위어 가는
국화가 담긴
화분 하나

말이 화분이지
참말은 아니고, 못 쓰는 고무 다라이에 밑구멍 뚫어 만든
어머니의 생애 같이 뚫려 빛나는
몇 다발의 눈물이 꼭꼭 채워진

국화꽃 화분

이 방에서 저 방으로

남의 집 처마 밑으로

허술한 살림살이 온갖 손때가 잔뜩 묻은 화분

내 살림날 때

내 몫으로 떼어주신 단 하나의 화분

봄이 오면 새봄이 오면

그 질긴 힘으로 우쭐우쭐 돋아나

어머니의 모진 한평생 세월이

비수같이 서늘하게

내 가슴 파고 들어와 쿡쿡 찔러오를

국화꽃 화분

하나

김혜서

화분이 담을 수 있는 것이 어디 씨앗뿐이겠는가. 화분은 생명을 품는다.
'초겨울 바람에 흔들리며 사위어 가는/ 국화가 담긴/ 화분 하나'에서처럼,
화분은 생명 잉태의 과정 속에서 홀로 차가운 바람에 맨 살갗을 스치고,
여기저기 흠집이 나며 고독함을 마주한 채 묵묵히, 그저 아무 말 없이 생
명을 지켜 낸다.
한평생 인생에서 주연이 아닌 조연으로 살아가는 화분의 모습이 마치 어
머니의 모습 같다. 자신의 모든 것을 비워 내고 오직 꽃을 피우기 위한 준
비에 온 노력을 다하는 화분, 그리고 어머니. 시들어서 떨어지는 꽃잎마저
도 모두 품어 주는 그런 어머니께 나는 여태껏 가시만을 내세우고 있던 것
은 아니었나 생각해 보게 됐다.

최혜지

국화는 정말 아름다운 꽃이지만 그 의미를 생각하면 괜히 슬퍼진다. 화자
가 국화꽃 화분을 곱게 늙으신 어머니의 얼굴, 그리고 어머니의 모진 한평
생 세월로 비유한 것처럼 삶의 끝을 함께하는 꽃은 그 의미가 남다르다.
마치 사람의 인생 같기도, 어쩌면 세월의 흐름 같기도 한 국화. '내 가슴 파
고 들어와 쿡쿡 찔러오를 국화꽃 화분 하나'
몇 주 전, 헌화를 하러 다녀온 적이 있다. 수많은 흰색 국화들을 보면서 가
슴이 저려왔다. 이 구절은 마치 그 때의 내 마음을 대변해 주는 것 같다.
소중한 사람을 잃는다는 것이 얼마나 아픈 건지, 그럼에도 아름답게 피어
있는 국화는 왜 이리 미우면서도 고마운 건지.

흔들림에 대한 아주 작은 생각

이다은

추수 끝난 강둑에 무리지어
다 끝나가는 한 생을 마저 살려고
마구 흔들어대는 저 으악새는
어떻게 내 마음을 통째로 뒤흔들지 않고
내 곁을 지나친단 말인가

성주 가천 닷새장 파장에 부는 소슬바람도
대가천 식당 할매가 말아내 논 돼지국밥도
정류장 둘레에 퍼질러 앉아
금방 밭에서 뽑아온 무 배추 몇 단 놓고
국수 말아먹는 아낙의 등 굽은 가계家計도

어찌 나와는 아무 상관없다 지나치리
그 모습에서 감동을 찾아 가기도 하고
그 웃음에서 가버린 세월을 되감아오기도 하고

하다못해 연민의 눈길이라도 욕심껏 퍼붓고 갈 일이니

세상에 저 홀로 흔들리는 것 무엇 있으리

손다인

세상을 혼자 살아갈 수 없다는 말은 너무 흔하다. 생활용품에서부터 사회제
도까지 내 생활 모든 것에 다른 사람들의 손때가 묻어 있고, 관계가 얽혀 있
다. 그러나 개인주의 사회에서 나 이외의 타인에게 관심을 기울이고 그로부
터 뭔가를 얻기는 쉽지 않다. 나 자신을 돌보기조차 바쁘고 피곤해서.
시에서 시인은 어떻게 그런 모습들을 보고 '어찌 나와는 아무 상관없다 지
나치리'라고 한다. 몹시 흔들린다고 말한다. 시인이 가지고 있는 세상에
대한 사랑, 사람에 대한 마음이 느껴진다. 그 어떤 감정이라도 얼핏 지나
칠 현상으로부터 느낄 수 있다면 아직 그 끈들을 놓지 않아서 다행인 사람
이라고 생각한다.

아이에게

하고 싶은 일 하며 살아라
사람의 한 생 잠깐이다
돈 많이 벌지 말아라
썩는 내음 견디지 못하리라

물가에 모래성 쌓다 말고 해거름 되어
집으로 불려 가는 아이와 같이
너 또한 일어설 날이 오리니

참 의로운 이름 말고는
참 따뜻한 사랑 말고는
아이야, 아무 것도 지상地上에 남기지 말고
너 여기 올 때처럼
훌훌 벗은 몸으로 내게 오라

변채원

첫 연의 첫 행. 처음부터 이 시는 나의 마음을 사로잡았다. '하고 싶은 일 하며 살아라'는 말은 나를 단숨에 매혹시키기에 충분했다. 하고 싶은 걸 하고 살라며 입버릇처럼 내게 말해 주었던 아빠와 겹쳐 생각났다. 이 행의 다음 문장처럼, 사람의 생은 잠깐 쉬었다 가는 것처럼 아쉬울 정도로 짧은 데, 하고 싶지도 않은 걸 억지로 하며 살아가는 건 억울하다는 생각이 들었다. 그렇기에 항상 '하고 후회하자,'라는 생각을 하는지도 모른다.

돈이 전부인 세상에서 돈이 전부인 것처럼 살지 말고, 하고 싶은 것 하고 살라는 말은, 세상 어떤 위로보다도 값졌다. 호랑이는 죽어서 가죽을 남기고, 사람은 죽어서 이름을 남긴다는 말처럼, 나는 죽어서 이름을 남기고, 사랑을 남기고, 사람을 남기고 싶었다. 마지막 연처럼. 그렇게 된다면, 이 세상을 떠날 때에도 억울하지 않을 것 같다. 그것만 남기고 간다면, 미련 없이 떠나도 충분할 것 같다.

김혜식

여태껏 나에게 내가 하고 싶은 일을 하라는 사람은 없었다. 이런 이유 때문에, 저런 이유 때문에 안 된다고 했다. 이상에서 살지 말고 현실을 보라는 그 말이 날카로운 비수가 되어 내 가슴에 꽂혔다. 셀 수도 없을 만큼 수많은 밤을 지새우며 이게 내 길이 아닌가 하는 고민을 하곤 했고, 그 생각은 감출 수도 없을 만큼 커져 버려 나를 집어삼켰다. 이정표도 없는 몇 갈래의 길에 나 홀로 서 있는 것만 같았다.

이 시에서 '하고 싶은 일 하며 살아라'라는 구절이 내 마음 속 한편에 깊게 자리 잡았고 나를 집어 삼켰던 걱정들이 하나둘씩 사라졌다. 유일하게 하고 싶은 일 하라고 말해 주어서, 너무나 고마웠다. 내 꿈을 이어가게 해 준, 확신을 서게 해 준 그 말이, 가슴 속에서 맴돈다.

저 풍경

가을 운동회 동네 대항 응원 준비한다고
밥숟갈 내던지고 뛰어나간 아이가
동 회관 앞 골목 외등 아래 모여 앉아
밤 이슥토록 쑥덕거리며 율동에 노래를 맞추고 있다

저 풍경, 얼마 후면 사라질 가슴 뭉클한 저 풍경 앞에
산책길 따라 나선 내 다리가 먼저 저립다

흐르는 시간을 낡은 필름 안에 가두어
정지화면으로 자꾸만 되돌려보는 것은
어릴 적 그 냇물에 다시 뛰어들 수 없음을 알고부터
익혀 온 나의 오랜 습관이지만
지금, 나의 렌즈 앞으로 몇 개의 화면이 스쳐 지나간다

별무리 이끌고 바람이 지나가고 사람들이 떠나고

학교가 문을 닫아걸고 말없이 풍화된다
저 아이들이 기대앉은 흙담이 무너져 길로 들어가고
저 아이들 중 누군가의 아이가 다시 외등 찾아 모여들 때
저 아이들 중 몇은 도회지 아파트나 시장 변두리
흔들리는 불빛 찾아 곤한 잠자리에 들고
그 옆에 아이가 누워, 아버지의 추억이 된 저 풍경을 듣는다

시간이 아무리 흘러도 나의 렌즈 속
저 화면들의 질량은 완벽하게 보존된다
그러나 혼자 다 갖지는 못하고
저 아이들이 조금씩 나눠 가진다

안개가 없는데도 나의 렌즈가 흐려진다
오늘밤 저 놀이가 끝나기 전에
나는 우리 아이를 집으로 불러들이지 않을 것이다.

한형주

저 풍경을 잊고 살아갈 수 있는 부모가 몇이나 될까? 엄청 특별한 오늘인
것도, 유달리 예쁜 표정인 것도 아니었던 순간의 저 풍경 사진들이 너무나
많다. 찍은지도, 찍힌지도 몰랐던 사진들이 문득 가슴 속 사진첩에서 삐져
나와 그 날의 시간을, 추억을 들이민다.

고개 내민 사진들은 항상 선명하게 노래한다. 딱히 흥 나는 가락이 아닌데
도 피식 웃음이 지어진다. 그런 순간들이 너무나 많다.

오늘도 부모는 일상 한 컷에서 문득 사진첩을 열고, 녀석을 떠올리고, 녀
석의 웃음을 떠올린다. 저 풍경을 잊을 수 없는 이유는 인상 깊은 풍경이
기 때문이 아니라, 녀석과 함께한 모든 풍경이기 때문일 것이다.

첫눈

아무도 없는 땅에서
지워진 흔적을 헤아리며 간다
어제 죽어 얼었던 까투리의 깃이
눈 속에 파묻혀 보이지 않는다
흔적이 없어졌다
더욱 싯푸른 배추 무가
비로소 고개 흔들며 어깨
툭툭 털고 일어서서
11월의 마지막 가을을 바라보고 있다
지금은 활기찬 아이들 세상이다
운동장에 들어서는 아이들이
저 세상에나 온 듯 환호하며
아무나 붙잡고 눈싸움을 한다
그들이 조금씩 눈 맞으며 눈사람이 되어갈 때
그들의 아버지는 새로 짓는 남의 3층집

일손을 잠시 쉬며
놀고 있는 아이들을 정신없이 바라보다가
불우 이웃 돕기 성금이 없어서
울며 오늘 아침 눈길을 뛰어간 아들을
모닥불 하얀 빛에 떠올리며
생각한다, 이 겨울을 어떻게 무사히
넘길 것인가 은하수 한 개피
꺼내 물고 태우며 생각하는 동안
그의 흰 머리와 추운 목덜미
부르튼 손발 가리지 않고
11월의 첫눈이 수북수북 쌓인다
모닥불이 하얗게 눈에 덮여갈 때
눈사람이 되는 줄도 모르고 앉아 있는 그가
까마득히 기억 밖으로 지워지고 있다

김혜서

'이 겨울을 어떻게 무사히 넘길 것인가'라는 구절이 참 슬프다. 가장으로서 어깨에 지고 있는 책임감과 부담의 무게가 막중한 것이 느껴졌고, 그 답답함과 애통함이 너무나도 잘 나타나 있었기에. 그러나 나는 정작 옆에 있는 아버지의 슬픔은 모른 척해 왔던 것은 아니었나?

아버지의 삶으로서, 아니 가장이라는 그늘 아래에서 여태껏 그는 햇빛 한 번 보지 못했던 것 같다. 이제는 그의 인생에도, 그의 얼굴에도 봄이 오면 좋겠다. 차가운 바람 맞으며 눈사람이 될 때까지 눈물 참고 외로움 참아갔던 그에게도 꽃내음 가득하고 선선한 봄바람이 부는 그런 날이 왔으면 좋겠다.

우리 마당

대구서 살다 온 달이 한이는
동네 아이들 마당 우리 집이 최고지요

달이는 자전거 놀이 배드민턴
한이는 8자 놀이 그림자 밟기

씽씽 달리고 치고
술래잡기 8자로 아슬아슬 놀지요

뭐가 그리 재미있는지
고양이도 모과나무 그늘에 누워 구경하고요

꽃밭에 숨어 있던 찔레가 아이들만 보면
나도 좀 끼워줘, 끼워줘 하얗게 솟아지지요

장예린

이 시를 읽으니 아이들이 마당을 뛰어다니며 노는 모습이 머릿속에 그려진다.

여름철 바람 불라고 열어 둔 현관문으로 바람과 함께 아이들의 목소리가 들려오면 어린 나는 재빠르게 옷을 입고 뛰쳐나갔다. 친구들과 약속하지는 않았지만 아이들의 목소리가 마치 종소리인 듯 놀이터로 내려가면 아이들이 모두 모여 있었다. 이 시는 그런 어릴 적 내 모습을 떠오르게 한다. 하지만 한편으로는 요즘 아이들의 모습이 떠오르기도 한다. 내 동생도 놀이터에 나가 노는 것을 좋아하지만 집에서 컴퓨터를 하거나 TV 보는 것을 더 좋아한다.

이 시를 읽으면 추억이 떠오르기도 하지만 이 시에서와 같은 풍경이 점점 사라지고 있음이 안타까울 따름이다.

황유진

이 시 속 달이 한이와 나의 어렸을 적 모습은 꼭 닮아 있다. 어렸을 때 서울에서 상주 시골 동네로 이사를 와서 학교를 가지 않았던 토요일, 소위 말하는 놀토에는 동생과 몇 안 되는 동네 친구들과 집 앞 냇가에서 물장난을 하고, 물 한 바가지를 떠다가 호미로 흙 놀이를 하고, 꽃밭을 가꾸시는 부모님 곁에서 이 꽃, 저 꽃의 이름을 묻곤 했다. 매일 아침 나를 깨워 주는 소리는 시끄러운 알람소리가 아닌 활짝 열어 놓은 커다란 창문에서 들려오는 수많은 새소리였고, 날씨가 좋은 날이면 마당 한켠의 벤치에서 가족과 직접 물과 비료를 준 계절 과일들을 먹곤 했다.

바닥이 온통 시멘트인 도시 친구들은 흙장난을 하면 옷이 더러워지고, 손톱에 흙이 들어간다며 온종일 새하얀 손으로 한자리에서 게임만 했을지 모르지만, 과연 그 친구들이 흙을 들여다보다 작은 도마뱀을 발견했을 때의 반가움을 알까?

빛과 그늘

사마천의 아버지가 임종을 앞두고
아들에게 이렇게 말했다
- 아들아, 너로 인해 세상 행복했느니……
그 말이 내 안에 들어와 둥지를 틀었다
그날에 나는 무슨 말을 남길까
- 아들아, 너는 내 동무였고 애인이었다!
그러나 이 말은 끝내 하지 못하리
- 아들아, 우리 언제 다시 만날 수 있겠니?

세상의 빛과 그늘
무한히 깊다

나규원

'아들아, 너로 인해 세상 행복했느니…'
아들이 없는 내가 그렇게 말할 수 있는 '너'는 누구일까. 이 시에서처럼 미
래의 아들, 딸일까, 아님 지금의 내 단짝 친구일까. 그것도 아니라면 아직
만나지 않은 누구일까. 그 사람이 누구일지는 수많은 사람들을 거쳐 가다
내 인생의 끝이 되어서야 알 수 있지 않을까.
아니다. 나중엔 사이가 미미해지더라도 잠시라도 그 사람으로 인해 행복
을 느꼈다면 바로 그 모든 사람들이 곧 '너'가 아닐까. 문득 생각한다. 나는
누군가에게 그런 사람이었을까. 내 존재 자체로 기뻐해 주고, 내 감정 선
이 연결되어 있는 듯이 함께 슬퍼해 주고, 조건 없이 나를 사랑해 주는 우
리 엄마, 엄마가 있었다. 나도 자식이 생기면 그런 사람이 되어 있을까.

변채원

사람의 죽음이라는 것은, 꼭 어둠이고 그늘이어야 할까? 죽음이란 참 오
묘한 것 같았다. 마지막이라 뜻하는 죽음은 곧 새로운 시작인 게 아닐까.
'세상의 빛과 그늘 무한히 깊다.' 삶과 죽음, 그 경계는 무한하지만, 그 누
구도 죽음이 그늘이라 단정 짓지 못한다. 임종을 앞둔 아버지의 말씀에,
'아들아, 너는 나의 행복이고, 나의 동무였고, 애인이었다. 그렇지만 우린
언제 다시 만날 수 있을까?' 삶과 죽음의 무한한 경계를 뜻했지만, 그 어떤
말에서도 죽음이 그늘이라 하지 않았다. 어둠이라 하지 않았다. 삶과 죽
음에서, 빛과 그늘은 찾을 수 없었다. 다만, 그 경계는 어떠한 것보다도 선
명했다. 빛과 그늘, 백과 흑처럼. 삶과 죽음도 빛과 그늘처럼 상반된 것이
라 할 수 있을까?

눈길

이른 봄 따순 햇살 서녘 창으로 비쳐들어
올해 고등학교 기숙사 간 아이 녀석 책상 유리판 아래
지 할매와 나란히 앉은 사진 한 장 반짝, 빛난다
아직 초등학생이던 아이 녀석이 조막만한 제 강생이 안고
나를 보고 빙긋 웃고, 그 곁에 지 할매가
볕 많이 받은 가을 감 한 소쿠리 담아 정리하다 말고
아이 노는 양 보시느라고
내가 지금 당신을 보고 있는 줄도 모르고 정신없이 앉아 계
시다
손주 얼굴이 얼마나 눈이 부신지
웃으시다 말고 아예 눈을 감으셨다

넘어가는 가을 햇살이 두 분 얼굴에 나눠 비치어
똑 부처님 같다

황유진

일상적인 사진 한 장을 이렇게 설명할 수 있다는 것이 굉장히 흥미로웠다. 아이가 '나'를 보고 있고, 손주 얼굴이 눈이 부셔서 눈을 감아 버린 할머니, 그리고 두 사람의 얼굴에 나눠 비친 햇살이 만든 두 '부처'. 어찌 보면 단순히 사진에 담긴 장면을 묘사하는 글일 뿐인 이 시를 읽으니 왠지 마음 한 켠이 따뜻해진다. 시 한 편을 읽었을 뿐인데, 내가 알 수 있는 것은 고작 사진이 어떻게 찍혔는지 뿐인데…… 머릿속에서 할머니께서 손주를 위해 맛있는 것도 내오시는 장면과, 손주가 작은 강아지와 뛰노는 모습이 그려진다.

김나연

이 시를 보면서 나는 할머니보다는 엄마, 아빠가 더 떠올려졌다. 할머니가 손주 보느라 바쁘듯이 엄마, 아빠도 나를 보느라 그렇지 않을까 라는 생각이 들었다. 나도 어릴 때 가족사진이 참 많은데 가족사진을 보면 엄마, 아빠는 항상 나를 보고 있었다.

이 시의 제목을 보니 문득 '눈길'이라는 제목에 눈이 갔다. 시를 읽으면서 눈길이 겨울을 뜻하나? 라는 생각으로 계속 읽어 보았지만, 그 눈길이 아니라 사람이 쳐다보는 그 눈길이라는 생각이 들었다. 그 뜻이 어찌되었든, '눈길'이라는 단어는 아름답게 느껴진다. 겨울에 오는 눈으로 가득 덮인 길들은 하얘 예쁘기만 하고, 누군가를 쳐다보는 눈길은 따뜻하기만 하다.

산골 마을 은행나무

가을 깊은 산골 마을에 드니
마을 중심에 200년은 실히 묵은 은행나무가
온 마을에 노오란 빛 흩뿌리며 곧추 서 있다
그 아래 여대기로 아이를 업은 젊은 아낙이
쌕쌕 자는 아이에게 책을 읽어주고 있다

바람이 지나다 심술을 부려
등 뒤로 은행잎을 수북수북 뿌려대는데
선 고운 어깨에도 머리 위에도 흐르르 쌓인다
나무도 아낙도 아무 걱정이 없는 듯
제 각각 제 일만 보고 섰는데

정지된 영화 장면에 들어서듯 황홀경에 들어
나는 왜 한참이나 발 묶여 서성였을까
수북이 쌓인 저 잎 위에 굵은 눈이라도 덮이면

땅 위로 튀어 올라온 뿌리는 이불을 끌어덮고
아랫목으로 발 벋어 새봄을 기다릴 테고

아이는 꿈속에서 엄마가 읽어준 이야기 듣고
한잠을 더 자고 일어나 뛰놀다가
10년, 20년 지난 어느 날, 문득
세상 어딘가에서 엄마의 음성 듣고 벌떡 일어나
벼락같이 이 나무 아래로 달려오리라
노오란 은행잎, 아프도록 실컷 맞아보려고

채연정

'왜? 은행나무일까?'
이 시를 읽는 동안 한 편의 그림을 보는 듯한 느낌이 들었다. 그러다가 마
지막 '10년, 20년 지난 어느 날, 문득'부터 나는 깜짝 놀라 이 시를 다시 한
번 보았다. 마치 잔잔하게 흘러가는 시냇물 속으로 큰 바위가 풍덩 빠진
것 같은 느낌이었다. 한 아이가 엄마의 목소리를 듣고 일어나 달려온 은행
나무, 엄마와의 추억이 남겨져 있는 그곳으로 돌아와 아프도록 맞는 노오
란 은행잎은 아마도 되돌아갈 수 없을 정도로 많은 시간이 지난 후에야 추
억을 바라보며 아파하는 것, 그 아픔을 겪으면서 그때의 추억을 맘껏 떠올
려 보는 것을 말하는 것이 아닐까? 그렇다면 이 시에서 은행나무가 쓰인
이유는 열매가 열리기까지 오래 걸려 '공손수'라고 불리고 살아 있는 화석
나무라고 불리기 때문이 아닐까?

손

박주연

    서정홍 시인 일하다 다쳐 누운 합천 고려병원 찾아갔습니다. 시인이 회가 먹고 싶다기에 합천장터 물어물어 구석진 자리 장꾼들 비집고 들어가, 회 한 접시 매운탕 한 냄비 시켜놓고 그가 아우라 부르는, 흙집 짓다 다친 목수 두 분과 함께 밥 먹었습니다

    그 중 한 분이, 내가 드린 내 시집을 피나는 노동의 댓가라며, 절대로 그냥 받을 수 없다면서, 꼬깃꼬깃 구겨진 돈 일만 원을 기어이 내 손바닥에 쥐어주었습니다. 횡재했습니다. 지금껏 내 시집 돈 받고 누구에게 드린 적도 없었지만, 칠천 원짜리 시집 한 권, 그것도 강제로 일만 원이나 받고 판 것은 난생 처음이었습니다

    그 일만 원, 내겐 참 귀해서, 그는 정 안 되면 밥값에라도 보태라 했지만 그 일만 원, 밥값에도 안 보태고 안주머니 지

갑 속에 꼭꼭 숨겨두었습니다

　돌아오며 생각해 보니 악수하면서 내밀던 그의 두툼한 손이
참 미더웠습니다. 세상을 따뜻하게 일으켜 세우는 일꾼의 손,
신이 뜻을 세워 세상을 만들었다면 아마 그의 손도 틀림없이
저러했을 것입니다

최은경

처음에 학교에 오셔서 강의를 해 주셨던 서정홍 시인이 언급되어 관심이
갔다. 목수 분이 선생님께 돈을 쥐어드리는 모습을 보며 괜스레 얼굴이 붉
어졌다. 무료라면 좋아하고 불법 다운로드를 하면서도 일말의 양심의 가
책도 느끼지 못했다. 나뿐만 아니라 많은 사람들이 다른 사람이 피나는 노
동으로 만들어낸 저작물을 허락받지 않고 마음껏 향유하고 있다.
나 같으면 저 목수 분께 정말 감사할 것 같다. 내가 만든 시집의 가치를 진
정으로 알아봐 주신 분, 시라는 것을 내가 어떻게 만들어 냈는지 알아주시
는 분, 그런 분이 있어 주셔서 행복했을 것 같다.

할매 해장국집

내 고향 성주, 성주초등학교 동편 담장 돌아 몇 발짝 가면
파리똥이 가득한 유리 미닫이
일년에 딱 두 번, 설 추석 말고는 늘 열려있어
간판 없어도 찾는 사람은 잘 찾는
쩡쩡한 팔십 노인 할매 해장국집 있었는데

잘 삶은 시래기에 들깨 갈아 넣어 만든
구수한 국물에 계란 노른자만 톡, 깨 넣은 해장국,
그 위에 잘게 다져 넣은 풋고추와 마늘 양념
그 위에 설설 흩쳐놓은 고춧가루가 전부인 그 해장국은
묵직한 놋그릇에 막걸리 한 대접 받아놓고
혼자 먹어야 제 맛인 진짜 진국이었는데

때마침 성주장날, 삼십 리 가야산 친정 마실*에서
첫차 타고 왔다면서 보따리부터 풀어헤치는

옛 동무라던가, 호호백발 곱게 빗어 넘긴 꼬부랑 할매
호박잎 세 모숨*을 천 원에 사 주면서
주인 생색으로 목에 힘주는 것까지도 괜찮았고
막걸리 한 사발 덤으로 얹어주는
구수한 인정도 걸걸한 입담도 더없이 좋았는데

겨울 가고 햇살 술술 풀리던 날, 할매 삭신 덩달아 풀려
일손 놓고 가야산 양지밭에 오래 쉬러 가신 뒤로
중늙은이 새 주인이 간판을 떠억 해 달고
투명 유리문에 '원조할매해장국'이라 아무따나* 휘갈겨놓고
예전의 그 시래기 해장국 쑤어내고 있는데

국맛도 할매 따라 전설 속으로 가 버린 그 집,
지금도 꼭두새벽 일 구하러 나섰다 공친 사람들
해장술에 속 달래러 꾸역꾸역 문지방 넘어 들어오면
할매 미닫이 드르르 열고 시래기국 뜨러 나와
무거운 무쇠 솥뚜껑 옆으로 비시시 비셔 놓고
새하얀 김에 금빛 주름, 화안히 펴실 것만 같은데

* 마실 : 마을
* 모숨 : 한 줌 안에 들어올 만한 분량을 세는 단위
* 아무따나 : 아무렇게나

정서윤

이 시를 읽으면서 나는 옛날에만 있었던 특유의 인심이 사라졌다는 느낌을 받았다. 나는 나이가 어려 시에 적힌 것과 같은 인심을 잘 느껴 보지 못하였다. 그러나 이 시에 적힌 구절 중에 '구수한 인정도 걸걸한 입담도 더 없이 좋았는데'라는 구절을 보고 '옛날에는 지금과 달리 정말 인심이 좋았구나'라고 생각하게 되었다.

그리고 이 시에 나오는 구절 중에 '중늙은이 새 주인이 간판을 떠억 해 달고/ 투명 유리문에 '원조할매해장국'이라 아무따나 휘갈겨놓고/ 예전의 그 시래기 해장국 쑤어내고 있는데'라는 구절을 보고 우리가 살아가고 있는 모습을 떠올려보았다. 떠올려 보니 현재는 정말 인심은 없어지고, 그저 '원조'라는 말과 옛날부터 내려오던 요리 방법으로 옛날의 맛만을 내어 장사를 하고 있는 모습이 보였다. 그저 옛날과 조리법을 동일하게 한다고 해서 옛날의 그 맛은 나지 않을 텐데 말이다.

가장 중요한 건 사람들 사이의 인심과 사소한 입담인데 그걸 모르는지, 알면서도 하지 않는 건지 의구심이 든다.

3부

햇살 한 줌

우리 집에 가자

　겨우내 우리 아이들이 졸업한 초등학교가 없어졌다. 폐교된 지 이태 만에 불도저로 밀고 덤프트럭이 와서 학교를 실어갔다. 운동장엔 아직 민들레 한 포기도 비치지 않는 너무 이른 봄, 아이들은 벌써 이웃 학교로 떠난 지 오래, 홀로 쓸쓸히 낡아가던 교문도, 교문 오르는 비탈길에 학교보다 100년은 더 된 느티 고목도 싹둑 베어지고 없다. 운동장엔 즐비하던 플라타너스 - 일찍이 이 학교를 졸업한 아이들이 커서 아이를 낳아 이 학교에 보내고, 운동회 날 선생님 대접한다고 돼지 잡고 국 끓여 대낮부터 막걸리 콸콸 따뤄 동네 잔치하던 그 플라타너스 짙은 그늘도, 그때 그 사람들도 보이지 않는다. 꽃동산도 화산이 불을 뿜던 지층 파노라마도 축구골대도 둥근 시계탑도, 하얗게 빛나던 백엽상도 학교 교사 앞에서 구름이나 산새들을 불러 모으던 허리 굽은 적송 한 그루도, 아이들 깨금발로 오르내리며 놀던 돌계단도 밤낮으로 펄럭이던 태극기도 이젠 없다. 썰렁한 운동장엔 인근 숲에서 불어드는 드센

바람만 무성한데, 어린 플라타너스 잘린 몸뚱어리 몇 뒹굴고
있어 가만 들여다보니 수십 개의 둥근 별자리가 성성 박혀 있
다. 나는 그 어린 등걸을 안고 지나는 바람이 듣지 못하도록
가만히 속삭였다

   - 애야, 여긴 너무 쓸쓸해서 안 되겠다
    우리 집에 가자

박주연

상주 어느 면에 있는 조그만 학교를 다닌 덕분에 몇 안 되는 아이들의 웃
음소리를 더 크게 들을 수 있어서 좋았고, 일찍이 경쟁의 시끄러움을 알아
버리지 않아서 좋았고, 그리고 매년 통폐합의 위기를 겪었기에 이 시를 누
구보다 잘 이해할 수 있는 것 같아 기쁘다.
텅 빈 운동장을 뒤돌아 걸으며 '우리 집'으로 향하고 있는 쓸쓸한 화자의
뒷모습이 그려진다. 플라타너스 밑둥은 너무 커 들고 갈 수 없지만, 아이
들은 언제나 그 커다란 플라타너스의 그늘을 기억할 수 있다. 함께했던 추
억을 언제나 나무처럼 한결같이 제자리에 계서 준 화자가 아이들의 느티
나무가 되어 주고 있기 때문이다. 비록 학교는 없어졌지만 기억 속 학교는
이 시의 화자를 만나 되살아나고 있다. 자신을 느티나무로 표현한 부분이
인상 깊다.
화자 덕분에 내 모교가 사라진다는 것에 대해 생각해 보았다. 어린 시절
꿈을 꾸던 동산이 사라져 버린 곳에 내가 있다면, 그 허할 가슴을 제대로
부여잡을 수 있을지 두렵다.

코스모스

그래, 나도 단 한 번은
네 곁으로 갈 수 있을까?

주먹눈 빤히 올려 뜨고
빠알갛게 까르르 웃어대던 놈

언제나 넌 흔들리고만 있었고
아무리 다가서도 닿을 수 없었던,

정말이지 난 너를
마구 지워버리고 싶었다!

언제나 그 앞에선
무장해제 당하고

돌아서면 내 깊은 상처 속에
아프게 살아 깨어나던

꽃, 그 시절 내 어린 애인의
고운 넋이여

오늘은 저 깊은 가을하늘 말간 능선으로
둥둥 떠가는 무수한 그리움……

한형주

'너를 마구 지워 버리고 싶었다!'
녹아 버리고 말았다. 참 달큰한 시다.
향기로운 네 곁에 설 수 있길 어린 나는 얼마나 바랐던가. 손이라도 닿을
라치면 깜짝 놀라며 뒷걸음질칠 거면서, 손바닥으로 감싸진 붉은 얼굴을
누가 볼세라 내리깔 거면서….
그래도 나는 네가 내 코스모스여서 너무나도 좋았다. 흔들리기만 하는 줄
알았더니 나까지 흔들어 놓던 네가 너무나도 좋았다. 이만큼 커 버린 나는
그때의 우리를 사랑한다.

누구에게나 있을 그 옛날의 코스모스.
나의 코스모스야, 네게도 내가 코스모스였다면 참 좋았을 텐데. 그렇지?

김유리

이 시에서 코스모스란 무엇인지에 대해 생각해 보았다. 아마도 무 순수하
고 사랑스러워서 '언제나 그 앞에 선/ 무장해제 당하고' 스스로 부끄러움
에 무시하고 싶지만 그러지 못하는 어린 날의 사랑('내 어린 애인의 고운
넋')이라는 생각이 들었다. 그렇게 생각해 보면 코스모스 한 송이나 어린
날의 사랑이나 다를 건 별로 없는 것 같다. 작고 여려 흔들리지만 결코 꺾
이지 않을 것 같은 강인함이나, 너무 예뻐서 보고 있으면 절로 웃음이 나
는 모습이라든지.
그러니까 누구나 마음 깊숙한 곳에 코스모스 꽃 한 송이를 가지고 있다고
생각한다. 시를 읽고 생각했다. 나도 깊은 곳에 꽃 한 송이는 있을 테니 '그
래, 나도 단 한번은/ 네 곁에 갈 수 있을까?'

겨울 언덕에 고삐 풀린 너는 잠들고

스텐 밥그릇엔 네가 남긴 먹이 조금
깡깡 언 물그릇
난생 처음 풀어 던진 목걸이에 남은
네 목의 둘레, 곧 식어질 몇 줌의 체온
한 발쯤 떨어져 꽂힌 쇠막대기에서 너의 빈 집까지
기어오다 말라버린 꽃뱀처럼
녹슨 쇠줄 끌며 네가 지켜 온
두어 자 둥근 흙마당

이게 네가 여기 남긴 전부다
성주 장날 일만 오천 원에 사 온,
언 땅을 파고 묻을 때 너의 한 생애는
밥그릇에 날아와 앉은 갈참나무
마른 잎새만큼이나 해깝해깝했다*

바람찬 겨울 언덕에 고삐 풀린 너는 잠들고
곡괭이로 마른 풀섶 헤쳐 땅을 파면서도
육신의 껍질 벗고 출가하는 네 길 위에
나는 마른 흙 몇 줌 던졌을 뿐
눈물 한 방울 일어나지 않았다, 대신
이 새벽 학교 기숙사에서 너와 뛰노는 꿈꾸고 있을
네 친구, 막내 녀석 얼굴만 자꾸자꾸 떠올랐다

* '가볍다'는 뜻의 경상도 방언

김유리

아버지의 마음이란 그런 것일까. 소중한 것을 잃고서 슬픈 자신보다도, 눈물 흘릴 자식을 생각하는 것. 그런 자식 생각에 더 슬퍼지는 것.
처음에 읽을 때는 그냥 집에서 함께 하던 개 한 마리가 죽은 슬픔을 쓴 시인 줄로만 알았다. 하지만 단지 그것뿐인 것은 아니었다. 고삐가 풀려 떠나가 버린 개 때문에 아프다가 그 사실을 모르는 자식 생각에 더 아픈 마음이 있었다.
우리 집도 개를 키운다. 키우던 개의 고삐가 풀릴 때마다 아버지는 다른 개 한 마리를 다시 데리고 온다. 그래서 집 마당에는 개 냄새가 가실 날이 없다. 항상 새로운 개를 데리고 오는 아버지는 이 시에서처럼 나 때문에 더 마음 아파하지 않았을까. 처음으로 그런 생각을 해 본다.
나는 아직 어려서 그런지 키우던 개가 죽으면 남의 슬픔을 생각할 틈도 없이 혼자서 슬픈데, 내가 좀 더 어른이 되어 자식이 생기면 시에 나온 아버지처럼, 나의 아버지처럼 자식의 슬픔에 아파할 부모가 될 수도 있겠지.

햇살 한 줌

뜨락 섬돌에 삐져나온 제비꽃 한 포기엔 제비꽃 햇살 한 줌

아이 없는 동네 배꼽마당 민들레 한 포기엔 민들레 햇살 한 줌

무너진 돌담 기어오르는 개나리 한 줄기엔 개나리 햇살 한 줌

비탈진 산모롱이 아슬아슬 떠오른 진달래 한 무더기엔 진달래 햇살 한 줌

모두모두 평등하게 햇살 한 줌

성주장 파장 너머 비어가는 술막으로 슬슬 들어와 엉덩이 꼬고 앉은

저것도 어쩌면 싱그러운 싱그러운 탁배기 햇살 한 줌

김미리

세상에서 가장 평등한 것이 있다면 어쩌면 햇살이 아닐까 라는 생각이 들었다. 햇살이 비치치 않는 곳은 없다. 나에게도 우리 집 멍멍이에게도 떨어지는 나뭇잎 한 장에도 모두 햇살이 비친다. 그래서 우리는 살아 있는가 보다. 모두를 살아가게 하기 위해, 그래서 햇살이 따뜻한가 보다.
이런 햇살을 느낄 수 있다는 것은 정말 멋진 일이다. 나는 매일 아침 그런 멋진 일을 맞이한다.

최혜지

햇살이라는 단어만 들어도 마음이 따뜻해짐을 느낀다. 누구에게나 공평하게 주어지는 햇살. 뜨락 섬돌에서, 아이 없는 동네에서, 비탈진 산모롱이에서, 성주장 파장에서도. 이 시는 삶에서 소소한 행복을 느끼게 해 준다. 시를 읽는 순간 화자는 노랗고 포근한 공간으로 나를 안내한다. 제비꽃, 민들레, 개나리, 진달래 모두 봄을 뜻하는 만큼 어느새 성큼 다가온 봄을 환영하는 화자. 나도 그처럼 봄이 기다려진다.

저물 무렵

하루 해 노그라진 몸 뉘려고 욱은 잔솔밭에 둥지 튼 마을 집으로 오는 길입니다

오늘은 특별히 하늘 땅 어디라 할 것 없이 한 폭으로 거창하게 펴놓은 애저녁 놀 빛 때문에 그만 길을 잃었습니다

불타오르는 건 아마도 처음부터 붉은 빛에 속하는 것이었는지 모릅니다. 누군가의 그윽한 눈빛 같은 꽃 한 덩이, 순식간에 사방팔방 꽃보라로 흩어져 모두 제 자리 하나씩을 차지해가던 참이었습니다

나는 문득, 너무 아름답다는 말을 흘릴 뻔하다가, 한참 전 언젠가의 바로 오늘, 저 놀 앞에서 잊어버렸던 말이 생각났습니다

내 죽음도 저런 것이었으면, 내 삶도 저런 것이었으면……

남을 것은 남고 바쁜 것들은 또 제 길을 찾아 서둘러 떠나

도록 홀로 남아 바라보는, 미루나무 몇 그루 있는 그 길이 점점 비어서 아득해지는, 저물 무렵

이경애

'내 죽음도 저런 것이었으면, 내 삶도 저런 것이었으면……'
이 구절을 표현한 시인의 생각을 고민해 봤다. 어떻게 자연 현상에다가 고유한 것인 노을을 보고 저런 감상을 가질 수 있었을까. 시인은 노을을 보고 '불타오르는 건 아마도 처음부터 붉은빛에 속하는 것이었는지 모릅니다.'라고 말했는데, 애초에 태어났을 때부터 가지고 있는 천성天性에 대한 고민 때문에 이런 구절이 나왔다고 생각했다. 그와 반대로 자신은 노을처럼 처음부터 어딘가에 속하지 않고 불타올랐기에, 말을 끝맺음을 짓지 못하고 잊어버렸던 말이 생각났다는 말을 한 것이 아닐까란 결론이 내려졌다.

가장 낮은, 더 아름다운

교정 측백나무 그늘에 나서
햇살 한 줌 못 얻어먹어
저런 녀석도 꽃 피울 수 있을까 싶도록
조그마한 몸 비비 틀리고 꼬이었어도
귀는 있는 대로 다 열어두고
오가는 발소리 숨소리 헤아리더니
세월없이 저 홀로 딴청이더니
무서리 내리고 어깨에 단풍 지자
엇 뜨거라, 고개 번쩍 쳐들고 있다
가장 낮은 그늘에 살아 있는 것들이 다 그러하듯이
늦었다 싶을 때도 포기하지 않고
죽을 힘 다하여 세상에서
가장 예쁜 꽃 반짝 피워내는,
마지막 숨 태워 가장 정한 빛 뿜어내는,
그래서 눈물겹게 더 아름다운

늦가을 국화

김미리

이 시에서의 국화는 끈질겼다. 다른 꽃들보다 더 힘든 환경 속 자신만의
투쟁에서 승리해 남들보다 늦게 피어났다. 그렇게 피어난 이 국화는 그 작
은 몸속에 더 큰 노력과 힘을 지니고 있다. 그렇기에 더 아름답다.

사람의 인생도 그렇다. 깨끗하게 쭉 뻗은 고속도로와 같은 인생보다 흙으
로 덮인 구불구불한 오솔길 같은 인생이 더 아름답다.

어린왕자는 말한다.

"사막이 아름다운 이유는 어딘가에 오아시스를 숨겨 두고 있기 때문이
야."

국화도 사람도 아름다운 이유는, 그 속에 숨겨진 무언가가 있기 때문이다.

그냥 그대로 흘렀으면 좋겠네

생명의 강을 모시는 사람들이 만든 노래를
앞산 달비골 개울물과 개구리와 도마뱀과 구절초와
상수리나무 숲 황달거미를 지키려는 아이들이 노래하네
그냥 그대로 흘렀으면 좋겠네,
그냥 그대로 흘렀으면 좋겠네
골짝물 시냇물, 모여서 강물이 노래처럼 정말로
그냥 그대로 흘렀으면 좋겠네
사람 갈 길 따로 있고 물 흐를 길 따로 있어
사람도 물도 그냥 그대로 흘렀으면 좋겠네
그리하여 사람 길 물 길 어느 길에서 만나
더 깊고 먼 바다로 술렁술렁 흘렀으면 좋겠네
터널 뚫어 지하수 막고 마을 샘물 골짝물 마르게 하고
고운 산맥 혈맥 잘라 흐르는 물 가두어 유람선 띄우고
돈 되는 일이라면 못하는 일 없는 세상이 되어 버렸지만
돈 되는 일이라도 못하는 일 있는 세상이면 좋겠네

그 누구도 안 하는 일 있는 그런 세상이면 좋겠네

그냥 그대로 흘렀으면 좋겠네

산과 골짝, 시내와 강을 닮아가는 아이들이

이런 슬픈 노래 안 해도 좋은 그런 세상이면 좋겠네

그냥 마구 뒹굴고 웃고 뛰노는 세상이면 좋겠네.

김연주

'그 누구도 안 하는 일이 있는 그런 세상이면 좋겠네'라는 구절이 그렇게 와닿은 것은, 우리 집 앞 냇가가 시간이 흐름과 동시에 흙탕물이 되어 가는 것을 보았기 때문일 것이다. 사람들에게는 해도 되는 일이 있고, 해서는 안 되는 일이 있다고 생각한다. 무작정 이익만을 좇아, 나중을 생각하지 않고 뚫고, 막고, 쓰러뜨리고, 세우고를 반복한다면, 미래의 아이들은 뭘 보고 자라날까? 자연을 오감으로 느끼며 자라난 한 명의 아이로서, 내가 느낀 것을 느끼지 못할 아이들이 생겨날 것이란 게 너무 안쓰럽다.

시냇물도, 강물도, 앞산도, 뒷산도, 그냥 그대로 흘렀으면 좋겠다. 미래의 아이들을 위하여, 더 이상 그 더러운 손, 대지 말고 그냥 그대로 흘려보냈으면 좋겠다. 붙잡을 것은 붙잡되, 흘려보낼 것은 흘려보내자. 최소한 그들의 행복까지 빼앗는 우리가 되지 말자.

게으른 농사

배추꽃 노란 꽃은
게으른 농부만이 키울 수 있는 법

봄이 바쁘게 지나가는데
아직도 내 밭에는, 겨울을 난
배추가 생의 절정을 누리고 있다

나 같은 가짜 농부
만난 덕이지

저도 이 세상에 귀하게 왔으니
봄 산천이 어찌 생겼는지
구경도 좀 하고
꽃도 피우고, 제 빛과 향 휘둘러
벌나비랑 한번 실컷 놀아도 봐야지

내 밭에 온 녀석들이

저리 팔자 좋게 느긋한 것도

다, 나 같은 가짜 농부 만난 덕이지

박주연

화자는 봄이 오는 때를 몰라서, 배추가 익어 가는 소리를 몰라서 게으른 농부가 되길 자처한 게 아니다. 재미있게도 화자는 부지런하기로 유명한 보통의 농부와는 조금 다르다. 자신이 부지런하지 못한 덕분에 배추가 좋겠다고 생각하는 데서 웃음이 난다. 원래 배추도 싹둑 베어져 내내 도로 위만 달리다 팔려지려고 태어난 게 아닐 것이다. 배추의 마음을 생각하며 이 시를 읽다 보니, 평소에 별 관심 없던 배추를 단번에 소중한 생명으로 만들어주는 화자의 태도에 점점 매료되었다.

요즘같이 LTE급으로 빠른 시대를 살며 남들보다 뒤쳐질까 봐 느긋하기가 쉽지 않다. 우리는 현재의 소중함보다 내일의 불확실성을 좇기 급급하다. 당장의 '내일'이 급한 사람들 천지다. 이런 사람들을 향해 배추가 해답을 알려주는 듯하다. 이 시에서 게으르다는 말은 전혀 기분 나쁜 게 되지 않는다.

나는 농부가 게을러서 배추가 좋은 게 아니라, 배추의 여유로움이 농부에게 전해진 덕분에 농부가 행복한 게 아닌가란 생각이 들었다. 배추를 닮고 싶어 따라서 게을러져 보는 자칭 '게으른' 농부의 몸짓이 너무나 평화로워 나도 저런 사람이 되어 보고 싶다.

낯익은 허기

어제, 새끼가 매한테 채여 갔습니다
오늘 그 자리, 햇살 넘어간 산그늘 비알밭에서 어미가 찾고
있습니다
새끼가 두고 간 신발 한 짝, 바람 들썩이고 패인 흙 한 줌
푸석한 자리
가끔씩, 새끼가 사라진 허공, 산란하는 깊은 빛으로 텅 빈
눈길
온몸 소스라친 듯 날개 퍼덕여 털어버리고
발아래 붉은 흙을 콕, 콕, 파헤쳐 쪼아댑니다
낡은 부리를 허름한 날갯죽지에 묻었다 꺼내며
어미는 무얼 찾는 걸까요
고구마 거두어낸 자리, 마른 줄기 하나 남아 있지 않은
어둠이 와서 산그늘 덮어줄 때까지, 어둠 속 한 점으로 지
워질
어제 그 자리, 새끼가 채여 간 바로 그 자리

김혜림

이 시를 읽을 때 나는 내가 마치 이야기 한 편을 읽는 것 같았다. 새끼가 매한테 채여 간 그 자리를 어미는 잊지 못하고, 떠나지 못하고, 허공을 그리고 자리를 맴돌며 무얼 찾는다. 그리고 어미가 찾는 그 무엇이 뭔지 말하지 않아도, 어미의 심정을 직접적으로 말하지 않아도 내 마음 한편을 아프게 만들었다.

짐승이든, 사람이든, 그 무엇이든 사랑하고 소중한 것을 잃었을 때는 그 감정을 말로 표현할 수 없이 슬프고 그 상황을 부정하고 싶을 것이다. 특히 이 시에 나오는 어미와 같이 어린 새끼를 잃었을 때는 더욱 더 그럴 것이다.

이 시를 읽고 문득 이런 생각이 들었다. 사람들은 아무 생각 없이 짐승들을 마음대로, 그리고 강제로 어미와 새끼를 떨어지게 만드는 경우가 있다. 그런 사람들이 한 번이라도 그 상황에 처한 게 자신이라고 생각하면 그럴 수 있을까? 그리고 이런 걸 떠나서 "하나의 생명체로서 어떻게 이렇게 잔인한 짓을 저지를까?"라는 생각이 들면서 그 사람들과 같은 인간으로서 부끄럽고 미안했다.

최은경

새끼가 채여 간 그 자리를 잊지 못하고 어미가 찾아왔다. 허공을 텅 빈 눈길로 쳐다보며 아이를 찾고 있다. 흙을 아무리 쪼아내도 내 아이는 찾을 수 없고 단 한 번도 겪어 보지 못한 허기만이 찾아온다. 그 허기는 어미 새가 평생을 잊지 못할 '낯익은 허기'가 될 것이다.

처음 읽었을 때는 제목과 연결해서 이해하지 못하고 시에서 어미 새가 겪은 상황에 안쓰러워했다. 왜 제목이 낯익은 허기일까, 생각하며 다시 여러 번 읽다 보니 해석이 되었다. 천적으로부터 자식을 지켜내지 못한 어미는 비통하고 아무것도 할 수 없었고 또 그런 스스로가 원망스러움이 느껴졌다.

진돌전傳

진돌이가 마당 가 감나무 그늘에 누웠다. 6개월짜리 아이
    옆구리를 젖은 땅에 맡기고, 팔자 좋게, 팔다리는 저만큼
다 내던지고
    긴 혀는 뿌리 뽑아 늘인 채, 정말 꼭 죽은 모양으로

땡감 하나, 눈앞에 툭, 떨어져 억만 년 잠에서 네가 돌아오
기 전에
    찬찬히 뜯어본다

처음 내 집에 오던, 생후 2개월에는
    마루 밑, 뒤안 깊숙이 새 신발도 물어놓고 혼자 집 보고 놀
다가
    대문 열리면 귀를 휘날리며 달려와 안기는 미운 강아지였다가
    강가에 나가 풀어주면 풀섶에 납작 엎드려 먹잇감 노리는
사냥개로 변신,

그러는 사이 목에도 뒷다리에도 살이 통통 올라 마당 꽃밭
다 짓밟아 헝클어놓고
지금은 목줄이 허용하는 한계선에서, 엉거주춤 뒤로 앉아
끙끙 누는
똥내음도 정겨운 똥개가 되어, 밤낮없이 늘어져 잠이나 자
고 있지만

야생에서 사람 세상에 내려와 먹이 기대어 살아온 너의 오
랜 생애가
참 눈물겹다, 머리맡의 감나무 그늘 휑해지고 짙어지기 몇
번이면
그 오랜 잠도 끝나고, 그러면 나는 안다, 네가 또 어디로 갈
것인지

더불어 그 길 밖에 다른 길이 없음을,
그 외길에서 너와 내가 이렇게 만나
숨 내쉬고 밥 나눠 먹으며, 잠시 여기 머물고 있을 뿐임을,

김유리

시의 마지막 연이 기억에 남는다. '숨 내쉬고 밥 나눠 먹으며, 잠시 여기 머물고 있을 뿐임을.' 이 한 줄은 진돌이라는 개에게 하는 말이지만 엄마, 아빠에게는 우리 집에 살고 있는 개에게, 나에게도 해당되는 말이지 싶다. 그리고 엄마도 아빠도 한때 해당됐던 말이지 않을까.

이 시가 나에게 아직 다가오지 않은 이별에 대해 말해 주는 것 같다. 사람은 만남과 이별을 계속한다. 서로가 영원히 함께하지 않을 거라는 것을 알면서도 그것을 반복한다. 나에게도 그것들이 있어 왔고 앞으로도 끊임없이 계속될 것이다. 각자 하나밖에 없는 외길이라는 인생에서 엇갈리고 마주치며 살 거라는 생각에, 기대 때문인지 두려움 때문인지 마음이 술렁인다.

꽃씨처럼

날 때부터 누구나 홀로 와선
제 그림자 거두어 저물어가는 것

빛나던 날의 향기도, 쓰라린 고통의 순간들도
오직 한 알의 씨앗으로 여물어 남는 것

바람 크게 맞고
비에 더 얼크러지고
햇볕에 더 깊이 익어

너는 지금 내 손바닥에 고여 있고
나는 또 누군가의 손바닥에 남아
생의 젖은 날개 파닥파닥 말리며
꼭꼭 여물어, 까맣게 남는 것

최혜지

삶의 허망함에 대해 자주 생각해 보곤 한다. 태어난 것들은 결국 모두 무로 돌아가기 마련이다. 그러나 삶 속에서 그 의미를 찾고 나아가야만 하는 것이 현실이다. 바람을 맞고, 비에 얼크러지며, 쓰라린 고통의 시간을 감내한 삶은 소중하고도 값지다. 씨앗이 생명을 다함으로써 아름다운 꽃이 피어나는 것처럼. 그리고 그 꽃의 생명이 다하면서 또 다시 새로운 생명을 잉태하는 것처럼. 삶은 거창한 것이 아니다. 단지 우리에게 주어졌기에, 그 기회는 쉽게 오지 않기에 우리는 인내의 시간을 거쳐 진정한 삶의 의미를 스스로 찾아가야 한다고 생각한다. 홀로 태어나 스스로 저물어 가는 꽃씨처럼 말이다.

4부

내 생애의 별들

수업

코스모스를 꺾어들며 아이들에게
꽃을 꺾는 것은 나쁘다 하면
아이들은 그렇다고 대답한다
(왜 나쁜가는 묻지 않는다)
그걸 다시 꽃병에 슬쩍 꽂아 두며
아이들에게 참 교실이 훤하지 하면
아이들은 그렇다고 대답한다
(정말 교실이 훤한가에 대하여 혹은
그 꺾음의 정당성 따위는 묻지 않는다)
콩 심은 데 콩 나고 팥 심은 데 팥 난다고
고전적인 속담을 섞어 말하면
아이들은 고개 끄덕이며 그렇다 한다
그런데 요즈음은 콩을 심어도 그 가운데
팥이 돋아날 수도 있다 말하면
아이들은 벌써 생물시간의 돌연변이를 떠올리며

어른처럼 웃거나 고개를 끄덕인다
(더 이상 아무것도 의심하지 않는다)
참 재미있는 수업 시간이다
참 재미없는 수업 시간이다

정서윤

이 시를 읽으면 현재 우리의 수업 모습이 보인다. 이 시에 적힌 '~하면 아이들은 그렇다고 대답한다. / (……는 묻지 않는다.)' 형식의 구절들은 현재 우리 수업 모습을 그대로 보여 주는 것 같다. 우리나라는 주입식 교육이 정말 심하다. 나도 어렸을 때 선생님에게 엉뚱한 질문, 정말 몰라서 하는 질문 등을 자주 하였는데, 그럴 때마다 돌아오는 대답은 '그냥 그래' 혹은 '음, 그건 선생님도 잘 모르겠는데, 옛날부터 그렇게 내려왔으니까 당연한 거야' 같은 대답이었고, 그 후 어느 순간부터는 질문을 하지 않고, 그저 수업을 들으면 아무 생각 없이 수긍하는 삶을 살고 있었다. 마지막 구절인 '참 재미있는 수업 시간이다/ 참 재미없는 수업 시간이다'라는 구절은 정반대의 의미를 지니고 있지만, 너무나도 정확한 구절이라고 생각한다.

김지현

사람과 동물의 차이점을 말할 때 사람은 동물과 달리 생각을 하고 행동한다고 말한다. 하지만 수업시간을 보면 사람은 동물과 차이점이 없어 보인다. 선생님 말을 그냥 받아들이고 있는 모습이 대부분이다. 그런 수업 시간은 학생들도 선생님들도 재미가 없다. '왜?'라는 질문이 없는 수업시간. 무슨 의미가 있는가 싶다.
이 시를 읽고 세월호가 자연스럽게 떠올랐다. 배에 물이 차오르는 상황, 그저 배에 가만히 있으라는 방송. 만약 학교에서 '왜?'라는 질문을 하는 방법을 알려 주었다면, 그런 수업을 했더라면…… 안타깝다.

좋은 사람들

요즘 술집 찻집 어딜 가든 이 이름이 많다
사람이 얼마나 그리운 시대인가를
80년대 운동을 통해 체득한 이들이 붙인 이름이다
결국 남는 것은 사람이다
내게도 좋은 사람들이 있다
그 때문에 내 삶이 아직 헛되지 않다고
시집 후기 어디에 적어놓기도 했지만
멀리 붉은 구름 내걸린 가야산 아래
고향으로 아예 보따리 싸서 들어올 때도
나를 놓아주지 않던 사람들도 그들이었다
개발독재의 총검이 빛을 뿜던 시절이나
자본이 뱃속이 아니라 꿈속까지
다 차지해버린 이 황량한 시절에도
그들과 함께 있다는 것만이 희망이었다
혹은 인간과 아름다움에 대한

포기할 수 없는 희망이기도 했다
그들은 눈 덮인 계곡 바위처럼 웅숭 깊고
그 아래 물이 되어 흐르면서 깊어 가는
참 따뜻한 사람들이었다
내 형제들이었다

김지현

우린 좋은 것을 봤을 때도, 좋지 못한 것을 봤을 때도 '좋은 사람들'을 떠올린다. 그리고 그 사람들에게 연락한다. 전화기로 혹은 편지로 혹은 마음으로. 사람에게 받은 상처도 '좋은 사람들'로 인해 치료된다. 나 역시도 그렇다. 그 사람들이 없다면 그 어떤 좋은 것과 아름다운 것이 무슨 소용이 있겠는가 싶다.

김미리

'나'에게 좋은 사람들은 삶의 희망이다. 나에게도 이 시의 '나'처럼 좋은 사람들이 있을까. 함께해 주는 사람들, 따뜻한 사람들이 내 주위에 많다. 나의 삶에는 희망이 넘쳐난다. 좋은 사람들이 곁에 있으니 살아가고 그러며 웃을 수 있다.
'결국 남는 것은 사람이다'라고 '나'는 말한다. 생각해 보면 나에게도 사람이 남았다. 추억 속에도 사람이 있고 미래의 꿈에도 사람이 있다. 그리고 지금도 내 옆엔 사람이 있다. 결국 남아 있는 사람들, 좋은 사람들에게 나도 그들의 좋은 사람이고 싶다.

둑방길
- '꽃들에게 희망을'

진빨강 하양 연분홍
코스모스 몇 송이 예쁘게 피었습니다
코스모스 여린 허리를 거친 덩굴손이 잡아 감고
코스모스 가는 어깨를 며느리밑씻개가 휘어 감고
팔 저으며 꼭대기까지 타고 올라와
더 올라갈 데가 없어 허우적거립니다
소리, 소리 질러댑니다

- 속았어!
- 더 못 가겠어!
- 올라오지 마!

더는 올라갈 수가 없어야
절망에다 희망을 기대어 왔음을 아는 것
내려가는 길은 뛰어내리는 길밖에 없음을 아는 것

이미 늦었음을 아는 것

외치는 소리는 흐르는 개울물 소리가 너무 크고
허공이 너무 깊어 다 묻히고
바람에 날아가지만
아무도 받아 안을 손이 없어서
씨앗이 되지 못합니다
인근에는 나비도 벌도 한 마리 없습니다

너무 늦은 다음에야 깨닫는 일이
세상에는 참 많습니다

김혜림

이 시는 현재 나의 모습을 보는 것 같아 공감하면서 읽게 되었다. 어딘가를 열심히 올라가는 코스모스는 서로를 경쟁자 삼아 치열하게 하루하루를 살아가는 현대인의 모습을 빗대어 표현한 것 같았다. 그리고 코스모스는 더는 올라갈 곳이 없을 때, 그제야 내려가는 길은 뛰어내리는 방법밖에 없다는 것을 알게 되었다. 이 모습은 정상까지 올라가는 것은 힘들지만 실수를 저질러 내려오는 것은 한순간이라는 것을, 뒤늦게 후회해 봤자 그때는 너무 늦었다는 것을 나에게 알려 주는 것 같았다.

이 시를 읽고 느꼈듯이 우리는 어쩔 수 없이 소중한 친구를 선의의 경쟁 삼아 치열하게 살아나가고 있다. 어떻게 보면 어릴 때부터 우리는 경쟁에 익숙해져 왔다. 아무렇지 않게 달리기 시합을 하고 시험을 치러야 했던 초등학교 때부터 자연스럽게 우리는 하나의 경쟁 속으로 발을 담가왔다. 하지만 경쟁을 하지 않으면 얻고자 하는 것을 얻지 못하기에 우리는 늘 치열하게 싸운다. 이런 사회는 나를 가끔 씁쓸하게 만든다. 우리는 언제쯤 경쟁을 하지 않는 세상에 살 수 있을까?

김나은

제목을 보고 시가 희망차고 예쁜 분위기일 것이라는 기대와 달리 이 시는 정반대의 관점을 보여 주고 있었다. '더는 올라갈 수 없어야 절망에다 희망을 기대어 왔음을 아는 것'이라는 구절에서 내가 올라가고 있는 이 길이 혹시 헛된 희망에 기대어 올라가는 길이 아닐까 걱정이 되었다. 시의 코스모스처럼 너무 늦어 버린 것은 아닐지 고민을 해 보았는데, 그런 생각을 할 필요가 없다고 생각했다. 코스모스는 더 이상 올라가지 못하는 한계점을 가지고 있고, 나는 아니라고 생각하고 싶었다. 혹시나 올바른 길이 아니었다 해도 내가 여기까지 올라오기까지 다한 최선을 생각하며 만족해할 것 같다. 그리고 내 곁엔 나비도 벌도 참 많을 것이라는 희망을 가져 보았다. 그래서인지 부제목이 더 기억에 남는다.

'꽃들에게 희망을!'

시론詩論

- 작가는 그 시대가 유일한 기회이다, 사르트르

이 말을 믿는 사람들은
비극적 운명을 갖게 된다
자기를 소외시키지 않으나
자기에게서 소외될 운명이다
그는 시詩와 더불어 언제나
바람 부는 길 위에 서 있다

머리 대신 맨발로 생각하고
흘러가는 강물을 두고
시간의 그물 넓게 던져 세상을 낚는다
집에 가서 펴 보면
고기는 간 데 없고
강물만 한가득 퍼덕거리고

박소연

언젠가 시에 흠뻑 빠져 있을 때였다. 윤동주의 〈쉽게 쓰여진 시〉, 백석의
〈나와 나타샤와 흰 당나귀〉 같은 작품을 읽으면서 참 아이러니한 생각이
들었다. 다시는 반복되어서는 안 될 일제 강점기라는 아픈 역사 속에서
'한'이라는 특유의 한국적 정서를 잘 표현한 눈물 나게 아름다운 시가 발표
되었다니.
이 시를 읽고서도 그런 생각을 했다. 시인은 살아가고 있는 역사에 의해
만들어진다. 시인이란 주어진 역사에서 자신이 느끼고 생각한 바를 활자
로 남기는 일을 하는 사람이다. '자기를 소외시키지 않으나/ 자기에게서
소외될 운명이다.' 라는 구절을 읽고 많은 생각을 했다. 어릴 적 위대한 사
명감을 가진 시인이 되고 싶다는 꿈을 꾸었는데, 그 꿈이 조금은 무거워진
것 같다.

내 생애의 별들

설흔을 채워 결혼하는 아이 덕에
벌써 두 아이 엄마 된 아이도 오고
아직 좋은 사람 없다며 선하게 웃는 아이도 와서
밥 먹고 술 몇 잔씩 나누고 헤어졌지만
돌아와 눈감으면 어룽대는 것은 있다
그 해 여름, 내가 두고 떠나온 아이들

차마 부끄러워 딴 애들처럼
교무실로 복도로 찾아 오도 못하고
교문 떠나는 내 뒷모습 훔쳐보며
목련 잎 그늘에 숨어 울기만 했다고
오래 묵은 사랑처럼 털어놓고는
가슴이 조금 시원한 듯 웃는 아이,

- 선생님, 그땐 다들 힘들었어요

아이가 다섯 살이나 된 아이가 말했다
- 오냐, 오냐 내 다 안다
내 음성은 토란잎에 떨어진 빗방울처럼
그렁그렁 매달려 떨고 있었다

그해 여름, 내가 두고 떠나온 아이들
굳게 입 다문 쇠교문에 매달려 울던 아이들
언젠가는 꼭 한번 빌고 빌어
용서받겠노라고 다짐하던 나 먼저
가던 길 지쳐 허덕일 땐 언제나
머리 위로 쏟아져 내리던 아픈 채찍들

나눠 가진 상처 때문에 더 자랑스러운
내 생애의 별이 된 그 아이들을 다시 만났다

한형주

나무 뒤에 선 소녀의 흐느낌이 들리는 것만 같다.
소녀는 비단 나무 뒤편에만 서 있지 않았을 것이다. 2층 복도 창문에서, 교정 한 구석에서, 이미 비어 버린 선생님 책상 앞에서….

교사와 학생은 서로에게 참 많은 것을 배운다. 가족들보다도 오랜 시간 한 공간에 존재하며 함께 커간다. 너무나도 숭고한 그 인연에 감사할 줄 아는 사람은 아름답다.

이 아름다운 선생님으로 인해 학생은 별이 되었다. 별이 된 학생에게 선생님은 또한 별이다.

별들이 이룬 여름밤 은하수가 시 속에서 빛나고 있다.

박신이

이 시를 쓴 분은 시인이자 나에겐 선생님이시다. 내가 선생님에 대해 아는 것이라곤 그게 전부이다. 그러다 친구와 길을 걸으면서 선생님에 대한 이야기를 아주 우연히 듣게 되었다.

아마 선생님이 한참 청년 때였다면 그 시절은 지금만큼 자유롭지는 않았을 것이다. 선생님은 그때 당시 지금 대한민국의 자유와 권리를 지키기 위해 활동하셨다고 했다. 학교에서도 학생들에게 노래를 가르쳐 주시며 함께 불렀다. 그런 선생님의 모습에 감명받은 한 여학생은 지금까지 그 노래를 기억하고 있다고 한다. 그러나 고지식한 학교는 그런 선생님이 못마땅하셨는지 학생들과 선생님 사이를 떼어놓아 버렸다. 여학생은 그 슬픔을 가슴 한편에 담아 두고 많은 시간이 지났다. 그러다 우연히 자기 딸의 국어 선생님이 그때 자신을 가르쳐 주셨던 선생님이라는 것에 굉장히 놀랍고 반가움이 들었다고 했다.

물론 내 친구의 친구의 어머니 이야기이다. 선생님에 대한 새로운 면을 듣게 되면서 굉장히 기분이 묘했고 신기했다. 선생님은 지금까지 수많은 새싹 같은 제자들을 맞이하고 작은 꽃을 피워 사회에 내보내서, 튼튼한 나무가 된 제자들의 모습을 보며 세월을 보냈을 것이다.

이번에 우리 학교를 마지막으로 정년퇴임을 하신다는 이야기를 들었다. 선생님에게 나는 어떤 제자였을지, 선생님의 수많은 별들 중에 하나로, 반짝반짝 빛나는 새싹이었으면 하는 소망을 이 글로 전한다.

다시, 사랑하는 제자에게.4
- 졸업하는 아이들을 위하여

눈이 내린다

사랑하는 아이들아

발밑에 걸리는 거친 눈발 받으며

너희 이제 졸업하느냐

눈발 속에 돌아보면 시방도 옛날 같아라

너희와 싸우며 서럽게 정들고

나 먼저 돌아오지 못할 길 떠났을 때

너희는 말없이 물기 젖은 맑은 눈을 주었고

나는 엄숙한 이 땅의 끝없는 싸움

그 사랑의 논리와

덜 익은 눈물마저 삭혀 익혔지

허나 이 세상 사는 동안, 아이들아

그냥 떠나는 것은 아무것도 없다

사랑이 뼈저리고 아플수록

헤어짐도 깊고 아프다는 걸

그때 어린 너희는 배워야 했지

이제 너희가 마지막으로 떠나면서

우린 또 한 번 찢어지지만

우리가 어디서나 이 땅을 오래 아파하는 동안

사랑은 마침내 우리 것이고

끝끝내 우린 함께 있는 것이고

아무도 우릴 더 이상 갈라놓지 못하리니

그러므로 잘 가거라, 사랑하는 아이들아

행여 흐트러진 꽃 하나 남기지 말고

어지러운 발자국 하나

눈발 위에 새기지 말아라

이 세상 사는 동안

사랑하는 아이들아

우리가 이 세상 살아가는 동안

김지현

이 시를 읽고 중학교 졸업식이 떠올랐다. 그 중학교에 대한 사랑과 추억이 깊었고 그만큼 헤어짐에 대한 슬픔과 아쉬움이 컸다. 그래서 졸업식을 하던 날 정말 많이 울었다. 그 한번의 '안녕' 이라는 말이 아쉽고 어려워서 울었다. 그런데 이 시에서는 선생님과 제자가 두 번의 이별을 한 것 같다. 나는 한 번의 이별도 힘들었는데 이 시 속의 선생님과 제자들은 오죽할까, 하는 생각에 마음이 울적해졌다.

만남이 있으면 헤어짐이 있다는 말을 한다. 하지만 이 시에서 말하듯 '사랑은 마침내 우리 것이고, 아무도 우릴 더 이상 갈라놓지 못하리니.'

채연정

이 시의 내용은 졸업하는 아이들에게 교사가 하는 마지막 인사인 것처럼 쓰여 있다. 하지만 이 시를 다시 한 번 읽어 본다면 그냥 전하는 마지막 인사라기보다는 이제는 다가갈 수 없는 교사가 떠나는 아이들의 뒷모습을 바라보며 조용히 속으로 생각하는 느낌을 받을 수 있었다. 누구나 말을 할 수 있는 내용이지만, 누구나 표현하지 못하는 내용으로 담담하게 이별을 받아들이고 걱정하는 교사의 모습이 눈앞에 그려지게 하는 시다. '우린 또 한 번 찢어지지만/ 우리가 어디서나 이 땅을 오래 아파하는 동안/ 사랑은 마침내 우리 것이고/ 끝끝내 우린 함께 있는 것이고'에서 볼 수 있듯이 몇 번을 해도 익숙해지지 않는 '이별'은 매번 아프고 쓰리고 눈물 나지만, 언젠가 다시 만날 수 있다는 희망으로 보내 줄 수 있는 것이 아닐까?

썰물

면소재지서 10리, 20리 산골에 숨은
달창 선학 용암 아이들은 면소재지 중학교에 오고
면소재지 수촌리 석지 원정 아이들이나
읍내 쪽으로 붙은 봉계 소바우 대바우 와룡 아이들은
읍내 중학교 가고

읍내 성산 경산 예산리 아이들은
대구 나가고

최은경

현재 우리 학교만 해도 학생 수가 많이 줄어들어서 연말에 선생님들께서 걱정이 많으셨다. 저출산으로 인해 지역의 학생 수가 줄어들었기 때문이지만, 시골 학교는 그것만이 문제가 아니다. 부모님 마음이란 아이가 좀 더 넓은 세상을 보길 바라고, 더 많은 친구들과 교류하면서 자라길 바라는 것일 것이다. 아니면 아이가 더 큰 학교에 다니고 싶다고 부모님께 졸랐을 수도 있고. 그래서 더 큰 중학교로, 면 소재지서 읍내로, 읍내에서 도시로 떠나가 버렸다. 쓸쓸해지는 현상이지만 왜 그런지 이해가 된다. 그래서 더 쓸쓸하다.

폐교에 대한 보고서

사람이 세운 것들 시나브로 낡아 가고
저 홀로 난 풀들만 쑥쑥 눈떠 일어나네

여기저기 아이들 고함소리 귀에 쟁쟁 남았어도
눈뜨면 아이도 선생님도 더는 없는 곳

시간은 고장난 시계탑 안에 멈춰 서 있고
돌 그늘엔 영산홍 울음 점점이 흩어지네

아이들 타고 놀던 허리 굽은 적송 한 그루
짙푸른 해그늘 자욱이도 드리우는데

대성초등학교, 1972-2003, 937명 졸업생 배출
교사校舍 뜰엔 못 보던 교적비 하나 눈에 시리네

사라짐 앞에는 어떤 그리움도 속수무책일까

아이는 제 교실 기웃거리며 그저 웃기만 하고

이경예

제목을 보자마자 어릴 적에 다녔던 초등학교가 떠올랐다. 제목처럼 그 초등학교도 폐교가 되었다.

후반에 나오는 '사라짐 앞에는 어떤 그리움도 속수무책일까' 이 구절을 읽고 잠깐 생각에 잠겼다. 나는 초등학교가 사라지는(폐교) 순간에 어떤 그리움을 가지고 있었을까. 플라타너스 밑으로 모여들어 땅을 판 그리움? 까마중 열매를 따먹으려 정문의 계단으로 우르르 모여든 그리움? 아무런 조건도 보상도 목표도 세우지 않고 비석치기를 한 그리움? 지금 이렇게 나열해 보면 엄청 나오지만, 정작 그때는 이 말 한마디로 종지부를 찍었다.

"여기도 조용히 있다가 조용히 잊혀져버렸네."

처음이자 마지막으로 애정을 느꼈던 모교에 대해 마지막으로 감상을 내렸다.

김연주

나에겐 현재 전교생이 약 15명인 중학교가 있다. 1년에 한 번씩은 꼭 그 모교의 폐교 위기에 대한 소식이 들려온다. '엄마' 품에 들어가는 아이들이, '엄마' 품을 떠나는 아이들보다 적다는 것은 참 가슴 아픈 일이 아닐 수 없다. 내가 사랑한 학교가 더 많은 사람들의 사랑을 더는 받을 수 없다는 사실이 너무나도 슬펐다. 학교가 문을 닫는 바로 그 순간, 그곳에서의 내 모든 추억들도 사라질 것만 같아 무섭기도 했다. '제발 닫지 마… 제발 닫지 마….' 하는 심정으로 나는 폐교에 대해 강력히 반대해 왔다.

'사라짐 앞에는 어떤 그리움도 속수무책일까'라는 구절은 그런 내게 '그냥 받아들여'라고 말하는 듯했다. 교실을 기웃거리며 그저 웃기만 하는 아이들이 있다는 것만으로도 충분하지 않을까 하고 또 말을 덧붙인다. 순간, 갈수록 출산율이 떨어지는 지금, 폐교에 반대하는 것은 내 욕심일지도 모르겠다는 생각이 들었다. '이제 '엄마'도 쉴 때가 되었나 봐' 하며….

이렇게 내 '폐교에 대한 보고서'의 첫 장에 몇 줄이 쓰이기 시작하는 듯했다.

무밭에서

팔월대보름 앞에 무밭을 맨다
밭머리에 선들바람 지날 적마다
푸들푸들한 무청이 서늘한 빛을 뿜는데
한나절 속옷이 다 젖도록
호미 찍으며 앞으로 나간다

평일 낮에는 도시락 싸서
대도시 중학교 글 가르치러 간다
한창 허벅지 탱탱한 녀석들이 쨍한 날을
종일 엉덩이 들썩이며 걸상에 붙어있다
마음은 운동장에 가고 딱딱한 껍데기들만

무 아닌 것들은 다 잡초로 분류된다
뽑아내고 찍어낸 뒤 남은 녀석 중에서
잎살 여린 녀석은 솎아 무쳐 먹고

실한 녀석만 남겨 김장 무로 키워 올린다

쉬는 시간은 건물이 통째로 운동장이다
녀석들은 세상모르고 뒤섞여 치고 박고 놀지만
입은 옷 얼굴빛 웃음 그늘에서 나는 벌써
갈리고 있는 그들의 길을 조심스레 읽고 있다

잡풀 솎아 거름 주고 잘 다독거려 키운 녀석
거친 풀밭 돌밭에 혼자 던져진 녀석
끝내 밭둑 너머 거름자리나 차지하고 말 녀석,
……언제나 이럴 밖에, 다른 길은 없을까
이런저런 생각으로 호미 움켜쥐고 책을 펴 들면서

박주연

눈앞에 뜨거운 여름날 에너지와 활력, 아직 무궁무진한 가능성으로 잠재된 아이들의 세계가 온통 밝음으로 비춰진다. 아이들을 무가 자라는 듯이 표현한 부분이 재미있다. 무가 자라면 아이들도 운동장에서 뛰놀고 무 뽑으면 개성 넘치는 아이들이 몸짓한다. 연이 바뀔 때마다 이렇게 무와 아이들을 오가는 상상력이 시를 더 살아 있게 해준다.

화자는 아이들을 보며 선생님의 입장에서 바라보는 생각을 말한다. 손수 무를 기르며 애정하고 관심 가지던 마음처럼 아이들에게도 같다. 나도 이 시의 많은 여러 무들 중 한 무이겠지. 튼실한 김장무가 될지 국에 쓰일지, 내 길을 어떤 대로 읽으실지 궁금하다. 내 개성과 능력이 다른 무들과 다르게 내세울 무언가가 있지 않을까? 내 쓰임은 훗날 어떤 곳일지 궁금해지는 순간이다.

정서윤

이 시를 읽고 나는 참 많은 생각에 잠겼다. 공감되는 구절이 많았기 때문이다. 이 시는 (내가 느끼기에) 선생님이 학생들을 바라보면서 든 생각들을 무에 비교해 가며 쓴 시 같다.

'무 아닌 것들은 다 잡초로 분류된다'라는 구절을 보고, 많은 학생들 가운데 우수한 학생들만 골라 서로 다른 대우를 해 주고 있는 모습을 분류하는 것에 비유했다고 생각하였다. 또 골라낸 것 중에 더욱 더 좋은 것들을 분류하여 서로 다르게 키워 나가는 것을 보고, 학생들 가운데서도 우수한 학생들만 키우는 전형적인 우리나라 학교 모습이 생각났다.

또한, '입은 옷 얼굴빛 웃음 그늘에서 나는 벌써, 갈리고 있는 그들의 길을 조심스레 읽고 있다'라는 구절을 보니 뭔가 슬픔이 느껴졌다. 어렸을 때는 아무 생각 없이 다 같이 어울려 놀던 친구들이, 각자의 길로 조금씩 조금씩 더 나아갈 때 갈리는 게 표시가 나는 것을 겪고 있는 현재 우리들이 안타깝게 느껴졌다.

새벽 모닥불

불이 타고 있다 활활
모닥불이 스스로 부서지면서 빛을 뿜어
둥글게 모여든 사람들의 앞면을 밝혀낸다
붉은 모닥불 앞에 선 사람들은 말이 없다
한파가 몰려오고 있는 겨울 새벽
큰길 가 잎 다 떨군 플라타너스 나무 아래
미명의 아침을 향하여 불이 타고 있다 활활

모닥불이 활활 타고 있다
노란 시청 청소부가 놓은 모닥불 앞에
남보다 먼저 나서야 밥 먹을 수 있는 사람들과
남보다 먼저 교과서를 펼쳐야 이길 수 있는 학생들이
모닥불의 구심력에 몸을 맡기며
모닥불 불꽃 너머 세상을 무심히 보고 있다

매일매일 공사장에 품 팔아 먹고 살고
자식놈 도시락 싸서 학교 보내는 아저씨 아줌마와
훗날 더 좋은 데 품을 팔기 위해
싸주는 도시락 들고 학교 가는 아이들이
꺼져 가는 모닥불을 한 줌씩 되살리고 있다
모닥불이 활활 타고 있다 아직은 12인승 봉고차가 와서
어디론가 사람들을 실어갈 때까지 활활
타고 있다 아직은 학교버스나 시내버스가 와서
아이들을 학교로 실어갈 때까지 활활

손다인

어쩌다 사람들이 새벽에 모닥불 앞에 모이게 되었는지 궁금하다. 다들 처지가 어려운 사람들인 것 같다. 우리 집은 가난하지 않아서 나는 가난함이 어떤 의미인지 잘 알지 못한다. 그래서 그 모닥불이 어떤 의미로 그 사람들에게 다가가는지 알지 못한다. 아마 따뜻함 그 이상의 느낌이었을 것 같다. 험하고 추운 세상에서 구심력처럼 끌리는 존재란 많지 않으니까. 활활 타오르는 모닥불은 자기가 어떤 일을 하고 있는지를 알까. 하루를 살게 해 주는, 위로해 주는 아침 새벽의 어떤 힘을 가지고 있단 것을 알까. '모닥불 불꽃 너머 세상을 무심히 보고 있다' 그들이 보는 세상이란 어떤 곳일까. '훗날 더 좋은 데 품을 팔기 위해' 그들은 오늘도 노력하고 있는 걸까.

김나은

시의 모닥불이 잠시 동안의 새벽 모닥불이 아니었으면 좋겠다. 누군가 계속해서 와서 한 줌씩 생명을 살려 모든 이들이 지나가다 한 번씩 둘러 모여 따뜻함을 느끼고 갔으면 좋겠다고 생각했다. 위로받는 따뜻한 이 느낌이 오래 갔으면 좋겠다는 생각을 했기 때문이다.

차가운 세상에서 남보다 먼저 시작해야 하고 누구보다 치열하게 살아가는 사람들에게 새벽 모닥불은 그들이 잠시나마 따뜻하게 있을 수 있는 존재였을 것이다. 시를 읽고 어느 순간부터 세상이 차갑다고 생각하고 있는 내가 보였다. 동시에 따뜻한 새벽 모닥불 같은 존재도 꼭 필요하다고 생각하고 있었다. 나도 시에 나오는 사람 중 한 명이다. 나는 누구보다 먼저 교과서를 펼쳐야 하는 고등학생이다. 무엇이 나에게 새벽 모닥불 같은 존재일까.

하산 下山

    졸업한 다음 날 아이들 셋이 학교를 찾아왔다. 겨울비가 부슬부슬 내리는데, 학교가 그 새 잘 있는지 궁금했을까, 아니면 떠났다는 사실을 믿기 어려웠을까…… 교무실에 들러 인사를 하고 학교 한 바퀴 휘이 둘러보고 떠나는 아이들을 현관 밖으로 배웅하면서 나는, 아이들과 보낸 3년 세월이 교문 밖으로 아프게 떨며 사라지는 걸 보았다. 오래오래 바라보았다. 세 녀석이 모두 힐끔힐끔 뒤돌아보면서 어떤 녀석은 고개를 꾸벅, 하고 어떤 녀석은 겨울 나뭇가지 같은 손을 번쩍 들어 흔들었다. 저 팔뚝에 싱싱한 물이 올라 꽃 피고 새잎 무성할 날을 그려보면서, 전날 마지막 수업 시간에 아이들에게, "다 가르쳤다, 학교서 배울 건 다 배웠다. 이제 남은 건 너희 자신이다."고 한 말을 떠올렸다. 그땐 "더 가르칠 게 없으니 하산하라"던 옛 이야기 속 허연 수염의 노스승을 조금 흉내 내 본 것이었지만, 다시 아이들을 교문 밖으로 내려보내며 나는, 이 아이들과 험한 파도에 부딪쳐도 침몰하지 않을 작은 노櫓

하나씩을 주고 받았다는 느낌으로 깊어졌다.

아이들이 왔다 간 소문이 돌자 몇몇 아이들이 메일을 보내
왔다. "선생님 죄송해요. 저도 그 날 꼭 학교 가고 싶었어
요……" 애석하다, 안타깝다는 것이었다. 학교는 아직도 죽
지 않았다.

김지현

이 시를 읽으면서 중학교 졸업 후 친구들과 학교를 찾아갔던 것이 떠올랐다. 학교로 가는 버스를 올라타니 비가 '부슬부슬' 내렸다. 버스에서 내려서 걸어 갔어야 했는데 우산이 없어서 선물로 산 초코파이 상자를 뒤집어쓰고 비를 맞으며 학교로 갔다. 그렇게 비를 맞으며 학교를 갔는데 괜히 왔다. 라는 생각이 들지 않았다. 오히려 학교를 떠날 때 아쉬운 마음에 학교를 계속 바라보았다.

이런 기억이 떠오르니 이 시 속의 학생들의 마음이 짐작되었다. 그리고 그리운 마음이 들었다. 하지만 그 그리운 마음만을 가지고 살 수는 없다. 중학교라는 추억을 가지고 나는 '하산' 하였다. 그리고 이제 고등학교를 등반하고 있다.

변채원

학교를 떠나는 걸 '하산'이라고 표현한 게 꽤나 인상 깊었다. 나도 하산을 하는 날이 언젠가는 오겠지, 높디높은 산을 정상만 내다보고 달려왔으니. 이 '하산'이라는 시는, 왠지 모를 먹먹함과 쓸쓸함이 느껴지는 시였다. 선생님의 시점에서 보는 하산과 학생의 시점에서 보는 하산이 그리 다를 바가 없기 때문이 아닐까. 3년이라는 시간 동안 함께 했던 학교를 떠나는 학생과 그런 학생을 바라보는 선생님. 이젠 가르칠 것이 없다고 말을 하며 하산하라 했지만, 아직 세상은 배울 것투성이고 그런 세상에 있어서 가르칠 것도 천지지만, 왜 배우지 못했고, 왜 가르치지 못했을까.

아직 넘어야 할 산이 많기 때문에, 하나의 산에서 머무르는 시간이 길면 안되었다. 그렇기에 쓴 이별의 아픔을 건뎌내고, 또 다른 가르침의 산으로 향하거라, 그랬다. 하산이라는 시에서, 유독 알 수 없는 고독함이 느껴졌다.

식물인간형 植物人間型

책보다는
책상 냄새가 너무 좋아
하루 종일 상판에 얼굴 파묻고 자는 아이,
네 꿈이 대체 뭐냐는 담임 물음에
- 식물인간 되고 싶어요!

그 말 듣고
교실이 와르르 무너지는데
문득 떠오른, 오늘 아침 인터넷 뉴스
- 한국, OECD 국가 중 자살률 10년째 1위!

웃음이 목에, 덜컥, 걸렸다

나규원

한 반에 꼭 한 명씩은 있다는 자는 아이. 아침 일찍 등교해서부터 늦은 저녁 하교할 때까지 얼굴을 보기가 힘들다. 그런 친구를 보며 진짜 잘 자는구나, 감탄하기도 하고, 어젯밤에 무얼 했길래 이렇게 피곤할까 의문도 든다. 아니 면 그냥 수업에 흥미가 없어 자는 걸까. 지루하고 따분한 수업 대신 책상에 기대어 잠을 자며 무슨 꿈을 꾸고 있을까. 수업시간, 선생님의 목소리가 자 장가가 되어 펼쳐지는 달콤한 꿈속에서 마음껏 날개를 펼치고 날아다니고 있지 않을까.

세월호, 이후

이 나라 선생님들은 아무도 없는 곳에서 자기와 마주할 때
한 번쯤은 몰래 자문해 보았으리라
내가 그 자리 아이들 수학여행 인솔하고 있었다면
죽었을까……
살았을까……

옆 자리 한 여선생님은
아마도 아이들과 같이 거기 남았을 거라 하고
다른 한 선생님은, 어찌어찌해서 살아남았을지도
모르겠다 말하지만, 어쩌면 나는

살아서, 살아온 나를 저주하며, 시나브로 죽어갈까……
죽어서, 이 철면피한 세상을 저주하며, 살아갈까……

가슴팍으로, 바람을 싹둑 가르는
섬뜩한 칼끝이
깊숙이 휘젓고 달아난 듯 서늘하다

누구 말마따나 이제 우리는
제대로 갈 데까지 가는 중인가
아니면 캄캄한 시궁창 바닥을 치고 오르는 중인가

손다연

세월호 사건은 시간이 흐를수록 더 가슴이 아프다. 너무나 많은 사람들이 떠나갔다. 내 친구들이 그렇게 모두 죽었다면 난 감당하지 못했을 것이다. 그동안 쌓이고 쌓였던 부정부패와 문제점이 하나의 큰 슬픔으로 터졌다. 희생자는 죄 없는 꿈 많은 학생들, 선생님들, 어린아이, 시민들이었다. 남은 사람들은 이것을 올바로 고쳐야 할 의무가 있다고 생각한다.

영원히 기억하겠다고 했지만 사실 시간이 흐를수록 기억하고 생각나는 횟수가 줄어들고 무뎌진다. 어쩔 수 없는 것 같다. 대신 사람들이 이 사건을 통해 많은 반성을 하고 우리 대한민국 사회에 대해 한 번 더 생각해 보았으면 좋겠다. 그리고 각자 사회를 바꾸기 위해 노력했으면 좋겠다. 자기만의 이익과 출세를 쫓는 것은 물론 자신의 자유이지만, 그런 사람들이 많아질 때 배는 다시 침몰할 것 같다. 그래서 바뀌었으면 좋겠다.

김지현

이 시를 보니까 중학교 때 쓴 문집이 떠올랐다. 내가 다니던 중학교에서는 한 주에 한 번씩 주제를 받아서 글을 썼다. 그 중 '내가 세월호에 있었다면?' 하는 주제가 있었다. 글 속에서 나는 살려고 버둥버둥했을 거라고 말하고 있다. 하지만 이 시를 보고 그렇게 버둥거려서 살아난 것이 무슨 소용이었을까. 하는 생각이 들었다. 과연 그 배에서 살았다고 해도 앞으로 사는 날들이 마냥 행복할 수 있을까? 그렇다고 그 배에서 죽은 것이 살아난 것보다 나은 일이라고 할 수 있을까?

누군가는 세월호에 대해 쉬쉬 하고, 누군가는 여전히 세월호를 외치고 있다. 그리고 '잊지 말자 0416으로 불리던 세월호는 지금 사람들의 머릿속에서 잊혀져 가고 있다. 세월호는 많은 희생자와 많은 안타까움을 만들었지만, 더 나은 제도는 만들지 못했다. 이러한 현실 속에서 우린 또 아무 일 없는 것처럼 살아가고 있다. 이토록 안타까운 현실이 또 있을까.

이 시대의 교실 풍경. 1

1

반 아이 하나 교실을 나갔다
- 가지 마, 가지 마!
아이들이 응원하듯 입을 맞춰 노래해도
책가방을 둘둘 싸서 둘러메고
인사말조차 남기지 않은 채 뛰어나오는 그 아이의
발걸음은 춤추듯 가벼웠다

처음으로 방긋, 웃었다

그리고 나는 듯이 복도를 돌아 사라졌다

수업 종이 울렸고, 아무도 그를 붙들거나 배웅하지 않았다

2

자퇴서 챙기고
결재 서류 준비하는 이튿날 아침, 아이 엄마에게서
숨넘어가는 전화가 왔다
- 간대요, 선생님! 우리 애 학교 간대요!

……

돌아온 아이 앞에
아이들은 별로 놀라지도 않았다

황유진

조금 전까지 떠나는 친구에게 가지 말라고 입을 맞춰 노래하던 친구들이, 수
업 종이 울리자 이내 아무도 그의 부재에 동요하지 않았던 것은, 친구가 돌아
올 것을 알고 있기 때문일까, 친구 한 명보다 시험에 나올지도 모르는 이번
수업 내용이 더 중요해서일까, 아쉬운 마음을 감추고 친구의 결정을 응원하
기로 다짐해서일까. 아무런 미련 없이 학교를 가벼운 발걸음으로 떠나던 그
친구가 다시 돌아온 것은 왜일까. '돌아온 아이 앞에 아이들은 별로 놀라지도
않았다.' 역시 그 친구가 돌아올 것을 알고 있었던 것일까.

함께 쓴 시

지난해 스승의 날, 시인이 다 된 여고생 제자에게서 받은
시 액자가
책상 앞에서 내 밤을 지키고 있다

- 거울 속의 내가 잡초로 보였을 때
내게 물을 주신, 선생님······
당신을 위하여 꽃을 피우겠습니다
온 정신을 뿌리에 담겠습니다
아파도 꼿꼿이 일어나서
맑은 꽃잎 피울 수 있도록······*

문종이에 플러스펜으로 또박또박 새긴 글자가
내 방문 앞까지 나와서
밤늦게 돌아오는 나를 맞아주고 있다

그 앞에선 언제나 비쩍 마른 시내 같은 내 마음 자락도
물 맞은 꽃처럼 고개 번쩍, 들 수밖에 없다

모두 잠든 새벽에도 시는 저 혼자 슬며시 일어나
나를 물끄러미 내려다본다
잠들지 마라고, 어서 깨어나라고
그러면 나는 즐거이 무거운 너의 감시 아래 놓이고
너의 채찍을 한 자 한 자 받아
시를 쓴다

시인은 타고난 업보를 받아들이는 것이다
라든가,
너무 크고 아름다우면
흐르는 세월에도 지워지지 않는다……라고

첫 구절을 떠올리며 쓴다
너와 함께, 시를 쓴다

* 이다은 시, '꽃이 피기까지'에서 일부 인용

박소연

졸업을 앞둔 마지막 겨울방학. 오롯이 나를 위한 한 달이란 사색의 시간 동안 자연스럽게 고등학교 생활을 돌아보게 되었다.

지난 시간들은 우리가 함께 써 내려간 한 편의 시였다. 누구나 그렇듯 처음에는 낯설었다. 하지만 친해지고 나니 좋은 인연들을 많이 만난 것 같아 나는 참 복이 많은 사람이라는 생각이 든다. 수줍고 걱정 많은 나와 기꺼이 친구가 되어 준 나의 사람들. 지쳐 포기하고 싶었을 때 나를 일으켜 세워 주신 선생님. 예민하고 우울할 때마다 내 편이 되어 준 가족들. 다시는 돌아오지 않을 순간이다. 졸업하면 마냥 좋을 줄만 알았는데 웬걸, 아쉬움과 후회만이 가득하다. 그래서 남은 마지막을 잘 정리해 보려 한다. 이것이 내가 할 수 있는, 내 받은 것들에 대한 마지막 보답이다.

천북 天北

까마귀 떼 가맣게 나는 빈 나락 논 -

대지는 하늘 아래 있다
거기, 사람들이 깃들여 산다

땅을 이고
하늘을 지고

김유리

'천북'의 뜻이 강의 북쪽인 걸까, 지명인 걸까. 제목의 뜻은 잘 모르겠지만 이 시는 추수가 끝나고 대지에 깃들여 살고 있는 사람들의 모습을 보여 준다. 시간이 흘러도 세상을 살아가는 사람들의 모습은 다 이렇지 않을까. '땅을 이고/ 하늘을 지고.'

처음에 이 글을 읽고 땅을 인다는 것이 하늘을 진다는 것이 어떤 의미인지 딱히 마음에 와닿지 않았다. 그래서 한 번 더 읽어 보고, 두 번, 세 번 계속 읽었다. 읽다 보니 조금은 알 수 있었다. 농부들은 어떻게든 살기 위해 '땅을 이고 하늘을 지는 듯이' 힘들게 살아간다. 그건 농부가 아닌 사람들도 땅을 이는 방식은 다르더라도 하루하루를 살기 위해 어떻게든 살아간다. 그런 삶은 사람인 이상 변하지 않는 것이다. 마치 벗어날 수 없는 운명인 듯이 그렇게 순응하며 살고 있는 사람들의 모습이 이 시를 읽을수록 선명해져 갔다.

나는 물론이고 나의 가족, 친구, 주변에 모든 사람들이 자신도 모르게 무언가에 순응하며 '깃들여 산다.'

밤길

방둑 위로 이어진 길이었다

저 길 끝 읍내 불빛들이 손에 잡힐 듯 아득했다

아무도 없이 혼자 걸어온 길이

눈발 이고 선 갈대처럼 휘청 굽은 채

어둠 저 편으로 빠르게 묻혀갔다

얼음을 벗은 깡마른 시내가

뱀허물처럼 건기의 모래밭을 빠져나가고

따스한 입춘 바람이 볼에 닿았다

어릴 적 캄캄한 밤중 마당귀에 쏘아올린

둥근 오줌발에 걸리던 별들이 그 자리에 떠 있다

별의 한 생은 사람보다 오래다

별 같은 사람들이 나를 일으켜 세우던 때가 있었다

그땐 나도 누군가의 작고 작은 별이었다

무수히 많은 별들이 열고 닫아 온 길,

길 찾는 이에게 길은 앞으로만 이어질 뿐

돌아가는 길은 언제나 보이지 않았다

박소연

내가 사는 시골집은 밤이 되면 별과 풀벌레들만 살아 있다. 지친 사람들이
잠들면 그때서야 드러나는 보물들. 기숙사에 살았던 나는 가끔 금요일에 집
에 가곤 했는데, 야자 마치고 집에 와 고개를 들면 찬란하게 빛나는 별들과
시원한 밤공기가 나를 맞아 주었던 기억이 생생하다. '별 같은 사람들이 나를
일으켜 세우던 때가 있었다/ 그땐 나도 누군가의 작고 작은 별이었다.'라는
구절이 인상적이었다. 내게 기분 좋은 하루의 마지막을 선사해 줬던 별들처
럼, 내가 지칠 때 기꺼이 품을 내어준 사람들이 있었다. 서툴러도 괜찮다고,
네가 있어 고맙다고, 말해 준 사람들이 있었다. 이젠 받은 기쁨을 풀어 놓을
차례인 것 같다. 내가 밝혀 주고 싶다.

채연정

이 시는 한 사람의 인생을 표현한 것 같다는 생각이 들었다. 어릴 땐 한 사
람의 별처럼, 시간이 흐르면서 살아갈 땐 앞만 보면서 그러다 뒤 돌아보면
돌아갈 길이 보이지 않고 옆에는 아무도 없는, 각자 자신의 길을 가기 바
빠 남을 돌아볼 시간이 없는, 그런 상황에 놓인 한 사람의 인생을 표현한
것 같다는 느낌이 들었다. 하지만 '별의 한 생은 사람보다 오래다'라는 구
절처럼 내가 손을 내밀 수 있는 시간은 무수히 많은 것이 아닐까?
이 시의 '돌아가는 길은 언제나 보이지 않았다.'라는 구절은 쓸쓸함과 허
무함, 답답함을 안겨 주는 것도 있지만, 다르게 생각해 보면 지금까지 살
아온 것이 좋은 삶이든, 나쁜 삶이든 그만한 가치가 있고 의미가 있는 것
이기에, 앞으로의 삶을 살아갈 때 그 경험을 바탕삼아 발을 앞으로 내밀어
힘차게 살아가라는 뜻으로 생각할 수도 있지 않을까?
어쩌면 허무할 수 있는 길에서, 다시 한 번 생각을 바꿔 보면 삶을 살아가
야 할 이유를 발견할 수도 있을 것이다.

발문

좋은 마음을
버리지 않은 교사가
어떻게 살아왔는지

"중·고등학교에서 시 창작이 가능해?"

배창환 선생을 알기 전에 나는 시 창작은 중·고등학교에서 특별
한 학생들만 하는 일인 줄 알았다. 보통 학생들은 다양한 시를 감상
하고 즐기면 된다고 봤다. 나는 학생들에게 시집을 사게 하는 교사였
다. 학생들은 자기 시집에 그림 그리고 감상을 쓰면서 시의 맛을 느
끼고 재밌어했다. 시 몇 편을 뽑아서 유인물로 만들어 가르치지 않고
시집을 직접 학생들이 읽는다는 이유로 그때 나는 몹시 뿌듯해했다.

그러다가 배창환 선생이 시 창작 수업을 하는 자료를 보았다. 어!
중·고등학생들에게 시 창작을 가르치다니, 이게 되나? 의문이 들었
다. 그런데 배 선생님과 공부한 학생들이 쓴 시를 보니 그 시가 다들
괜찮았다. 아니, 괜찮은 정도가 아니라 좋았다. 게다가 문예반 같이

시에 관심 있는 학생들만 모아서 한 동아리 수업이 아니라, 일반 교실에서 전체 학생들과 같이 한 정규 교과시간에 한 수업이었다.

이게 되나 싶어서, 배창환 선생의 수업 방식을 내 수업에서 해 봤다. 세상에나! 교실에 있던 학생들이 멀쩡한 시를 모두들 써냈다. 내 입에서는 탄식이 절로 나왔다. '아, 내가 무식해서 아이들을 제대로 못 가르쳤구나.'

그때서야 조선시대에는 창작이 보통 학생들이 배우는 일반교양이었다는 사실이 떠올랐다. 그리고 조선 시대 선비들의 중요한 공부 책이고 공자가 '삿됨이 없다.'고 칭찬한 ≪시경≫에서 절반이 민요, 그러니까 보통 사람들이 쓴 시라는 사실이 떠올랐다. 문학은 그냥 사람의 것인데, 내가 문학을 특별한 사람의 일이라고 여겼구나 싶었다.

배창환 선생은 우리나라 중·고등학교에서 시 창작 수업을 가장 잘하는 분이다. 우리시대 최고일 뿐만 아니라, 해방 이후 최고라 할 만하다. 그는 불씨였고, 그 불씨는 여러 교사들에게 옮겨 붙어 곳곳에서 시 창작 교육이 실천되고 있다.

그 배창환 선생이 이제 정년퇴직을 한다. 이 시선집은 교사로 한 평생을 살아온 사람에 대한 기록이다. 1980년대 후반부터 2018년까지 30여 년 동안이다. 이 시기에 우리나라 학교에서 좋은 마음을 버리지 않은 교사가 어떻게 살아왔는지를 잊혀지지 않게 하는 기록이기도 하다. 이 시를 읽으면서 나는 가슴이 뜨끈거렸다. 교사가 되려는 학생, 예술가가 되려는 학생, 사람 마음을 공부하는 학생, 민주주의에 관심 있는 학생이 읽으면 무엇인가를 찾을 수 있는 글이다.

시가 삶이다, 이 말이 적용되는 시가 있는데, 이 시들이 바로 그렇다.

— 송승훈(교사, 광동고)

발문

시 한 편 품고
살아가기 힘든 세상에서
시 읽고 쓰기

　글 쓰는 것을 좋아하는 마음에 교내 문예대회에 덜컥 참가한 것이
인연의 시작이라면 시작이다. 야간 자율학습을 하면서 집중이 잘 되
지 않거나 학교생활을 하면서 떠오르는 글감이 있을 때 자주 생각해
두었던 구절을 정리하는 마음으로 썼다. 이후에 시화를 그리기도 했
고, 선생님의 시를 읽고 감상문을 쓰기도 했다. 자기만족으로 즉흥적
인 마음에 시작한 일이 결국 이렇게 시 감상 소감문까지 쓰게 될 줄
은 몰랐다.

　선생님께서 시 읽을거리를 주시고 감상을 적어 보지 않겠냐고 말
씀하신 건 수능이 끝난 어느 겨울날이었다. 문예대회에 참여한 아이
들 모두 읽고 쓰는 것에는 흥미와 관심이 있다고 생각해서일까. 어
쩌다 보니 수상자들이 다 모였다. 자신만의 시선과 문체가 있는 문학

소녀들 사이에 내가 자리한 것은 큰 행운이었다. 나의 글을 보이는 것은 늘 쑥스러운 일이지만 이후 출판하실 책에 싣는다고 하서서 기쁜 마음으로 추억을 만들기로 했다.

좋은 작품을 접할 수 있게 해 주시고 글을 실어 주신 선생님께 감사하는 마음도 이 자리를 빌려 표현하고 싶다. 사실 목표로 삼고 달려왔던 것이 끝난 나의 세상은 그동안 통제되어 살아왔던 시간에 대한 몸부림으로 가득했다. 내 생각이 아닌 정해진 답을 향해 있었던 펜은 영영 잡고 싶지 않았다. 그렇게 긴 하루를 보내고 있던 중에 선생님께서 쓰신 시들을 재미있게 읽었다. 한 사람의 이야기를 그렇게 많이 읽어 본 건 처음이었다. 다시 시를 쓰고 싶은 마음이 솟구쳐 한 달을 꼬박 고민하며 지냈다. 여행을 떠나고 카페에 앉아 있어도 숙제를 덜 한 것 같이 마음이 쓰였다. 쉽게 쓰여지지는 않았지만 분명 보람된 시간을 보냈다.

바쁜 고등학생 시절 속에서 시를 온 마음으로 받아들이는 것이란 얼마나 어려운 것인지 깨닫는다. 마음속에 시 한 편 품고 살아가기 힘든 세상이다. 글쓰기는 그동안 내가 느끼고 생각한 것들을 세상에 표현할 수 있는 좋은 일탈이 되어 준다. 이제는 일탈이 아닌 일상이 될 때까지 부지런히 글을 쓰는 작가가 되고 싶다.

– 박소연(학생, 상주여고)